星新一 YAセレクション

★★★★★★★★★★★★★★

あいつが来る

和田誠 絵

理論社

星新一★★★★

YAセレクション

あいつが来る

目次

装幀・装画・さし絵　和田誠

その夜

　空では星々が静かに輝《かがや》いていたが、地上には敵意を含《ふく》んだ夜がみなぎっていた。憎悪《ぞうお》は長い年月にわたって高まりつづけ、それは一刻《いっこく》も休むことがなかった。

　その夜。絶頂《ぜっちょう》に達した狂気《きょうき》だけが支配するなかを、電波は激《はげ》しく飛びかい、それをさらに押《お》し進めようとしていた。

〈わが偵察《ていさつ》衛星からの報告によれば、敵国の軍隊の移動は、一段《いちだん》と速さを増しつつある〉

〈敵の原子力潜水艦隊《せんすいかんたい》は基地に見あたらない。出航したもようである〉

〈敵の暗号無電を解読したところによれば、敵の一斉攻撃《いっせいこうげき》は五時間後と考えられる。わ

が軍は、四時間後に全ミサイルを発射《はっしゃ》できるよう準備せよ。各基地はただちに戦闘《せんとう》態勢に入れ〉

指令はすべての基地に通達された。山奥《やまおく》の谷間にある、このミサイル基地の一つにも。サイレンは悪魔《あくま》の笑い声のように鳴り響《ひび》き、兵士たちに集合を命じた。足音は灰色《はいいろ》の厚いコンクリートでできた地下道にこだまし、基地の司令官の声は、スピーカーを通ってうなり声と変った。

〈開戦の時が迫《せま》った。一時間以内に全ミサイルの噴射管《ふんしゃかん》の点検を終えよ。二時間以内に核弾頭《かくだんとう》の取りつけを行え。三時間以内に倉庫と発射台《はっしゃだい》との自動装置《そうち》を完了《かんりょう》し、攻撃《こうげき》命令を待て〉

兵士たちは興奮《こうふん》と喜びで顔をゆがめ、いそがしげに行動を開始した。鉛《なまり》の扉《とびら》がきしんだ音をたてて開き、強力きわまる核弾頭が運び出され、ミサイルの先端《せんたん》に結合された。

「超水爆《ちょうすいばく》よ、たのむぜ。一台完了」

「よし、つぎ」

9　その夜

兵士たちの声に送られ、ミサイルはつぎつぎと地上に運ばれ、夜の冷気のなかに並《なら》んだ。星々の光を受け、銀色のミサイルは霜《しも》をまといながら、敵国の方角に角度をとった。作業は順調にはかどっていた。

「司令。この超水爆《ちょうすいばく》の威力《いりょく》はどれくらいですか」

「わからん。なぜなら、あまりに強力すぎて実験のしようがなかったからだ。一発で敵の大部分を焼きつくしてくれるだろう」

「途中《とちゅう》で防がれるようなことは」

「心配するな。わが軍にはあらゆる型のミサイルがある。全部を防ぐことなどできるものではない。わが全基地から発射《はっしゃ》される、何万ものミサイルだ。少なくとも何千発は敵に届《とど》くだろう。おつりがくるほどさ」

兵士はつりこまれて笑ったが、さらに聞いた。

「敵は麻酔《ますい》ガスを使うかもしれませんね」

「その対策《たいさく》もある。われわれ全員が倒《たお》れたあとは、自動装置《そうち》がやってくれる。地下の最も深い貯蔵庫《ちょぞうこ》にあるミサイルは、最後の一台まで敵の頭上に発射されるのだ」

「それを聞いて安心しました。敵さえ全滅《ぜんめつ》してくれれば、思い残すことはありません」

空気のなかの憎《にく》しみの濃度《のうど》は、熱をおびていた。満足そうに歩きまわり、指揮《しき》をとっていた司令官は、ふと足をとめた。

「おい、そこの連中。なにをぼやぼやしている。いまは一分を争う非常事態だぞ」

変電装置のそばに腰《こし》を下し、なにかを話しあっていた三人の兵士は、司令のほうを見た。だが、その表情にはこの場にそぐわない、なごやかなものが満ちていた。兵士の一人は言った。

「司令。面白い本をみつけたのです。昼間、近くの山に外出した時、崩《くず》れかけた小屋のなかから拾ってきました。ごらんなさい。考えたこともないような文句が書いてあります。むかしはこんなことを言った人があったのですね。知りませんでした。もっと早く読みたかったと思います。みながこのような考えを持てば、争うことをしなくてもすむでしょうに。なんだか、やっていることが無意味に思えてきました」

司令は顔をしかめ、声を荒《あら》くした。

「どんなことが書いてある。早く読んでみろ」

「いと高き所には栄光、神にあれ。地には平和、主の喜びたまう人にあれ……」

「つまらん。その本はだいぶ前に禁止になった本だ。平和だとか愛だとかが、敵に対してなんの役にたつ。われわれのなかから追放すべき思想なのだ。その本は、見つけしだい焼くようにとの法律《ほうりつ》が出ている。よこせ」

司令はその本を汚《きたな》い物にふれるような様子で床《ゆか》に捨《す》てた。そして、腰《こし》の小型火炎銃《かえんじゅう》の引金をひいた。本はたちまち灰《はい》となった。兵士たちは不服そうな声を出した。

「なぜいけないのです……」

「理由ははっきりしている、敵を憎《にく》むことがすべてに優先《ゆうせん》するからだ」

司令はこう言いながら火炎銃をもどし、べつな銃をとりだし、三人の兵士の顔をめがけて、つぎつぎと引金をひいた。銃口《じゅうこう》からは青白いガスが流れ出た。どんな命令にも服《ふく》従《じゅう》させる生理作用を持ったガスが。

司令ははっきりした口調で命じた。

「いいか。あと三十分でミサイルの自動発射装置《はっしゃそうち》の点検を完了するのだ」

「はい」

「おくれるな」

「わかっています。われわれは敵を一人残さず、焼きつくさなければなりません」

三人の兵士の顔は、ほかの者と同じように殺気の微笑《びしょう》にみちた表情になった。

なにもかもが完全に整備された。ほんの一瞬《いっしゅん》だが、限りなく深い沈黙《ちんもく》がすぎた。しかし、それはたちまち破れた。

「最高本部よりの命令。攻撃《こうげき》を開始せよ。ミサイルを発射せよ。全弾をうちつくすまで、攻撃をやめるな。敵を全滅《ぜんめつ》させよ。敵のすべてを、一人残さず殺しつくせ」

暗い地平線のかなたで、目もくらむような光が輝《かがや》いた。地平線のかなたばかりでなく、それをきっかけに遠く近く、ありとあらゆる武器が、いっせいにその性能を最高度に発《はっ》揮《き》しはじめた。超水爆《ちょうすいばく》はすべての場所でくまなく爆発《ばくはつ》した。

さらに深い地下でも、広い海の底でも、また高い空においても、爆発《ばくはつ》は限りない爆発を呼《よ》んだ。そして、すべての人が死に絶《た》えたあとでも、憎悪《ぞうお》はミサイルにこもって乱《みだ》れ飛びつづけた。たちまちのうちに、荒《あ》れ狂《くる》った炎《ほのお》と、熱と、輝《かがや》きだけがこの惑星《わくせい》の全部をおおいつくした。

遠く遠くはなれた地球から眺《なが》めると、それは夜空でふいに輝きをました一つの星であった。

砂漠《さばく》のなかの町、ベツレヘムの貧《まず》しい小屋のなか。星の光は一筋《ひとすじ》の糸のようにそのなかにさしこみ、マリアという名の女性を照らし、みどりごの誕生《たんじょう》をうながしているようであった。

治《ち》療《りょう》

音もなく、目にも見えず、伝染病《でんせんびょう》はひろまっていった。騒音《そうおん》のぶつかり合う都会であろうと、誘蛾灯《ゆうがとう》の涼《すず》しく光る農村であろうと、およそ文化の進みつつあるところへはどこまでも侵入《しんにゅう》し、むしばんでいった。

しかも、手に負えなくなるまで放任《ほうにん》されていた。それは無理もなかった。目に見える症状《しょうじょう》のないこの病気は、だれが感染《かんせん》しているのかを見わけることができなかったし、また感染してしまった者も、自分にははっきりわかるのだったが、決してそのことを口には出さない。むしろ、反対を装《よそお》うので、問題になりかけたときは、手のつけられない状態になっていた。消毒や薬では防ぎようがなかった。肉体の病気ではなく心の病気なのだから。それは、劣等感《れっとうかん》という病気だった。

ほとんどの者がかかっていた。こうなると病気と言えるかどうかはわからない。しかし、やはり病気だった。患者《かんじゃ》にはものすごい苦しみを与《あた》えるのだから。治療法《ちりょうほう》はなかった。時どき雑誌《ざっし》などに記事がでた。

「だれでもそうなのだから、気にするな」

と。だが、そんなお座《ざ》なりの文句が役に立つはずもない。だれもがカゼをひいているという事実が、自分のカゼの苦痛《くつう》を和《やわ》らげてくれるだろうか。

平和な世の中が続いたせいだった。戦争の危機《きき》を叫《さけ》ぶ者はあったが、それは平和につきものの現象だったし、大衆《たいしゅう》は身ぢかでない抽象的《ちゅうしょうてき》な話には無縁《むえん》だった。

人口は増え、教育が進み、欲望《よくぼう》が高まり、そのあげく生存《せいぞん》競争が激《はげ》しくなって対人関係が複雑になるにつれ、なんとかして他人よりすぐれなければ生きてゆけないような気がしてくる。だれもかれも背伸《せの》びをして、他人とつきあっていた。自分が背伸びをしていて、みなとやっと同等になれる。この背伸びをしているぶんだけ、自分が劣《おと》っているのではないだろうか。ふと、このことに気がつくと、もう決してこの病気からのがれることはできなくなる。いつ全快するとも知れない、長い時間を迎えるのだ。

そのうえ、その苦しみを口に出すことが出来ない。ひとに訴《うった》えることは、社会から落伍《らくご》するのとおなじだった。自信がないんですが、ぜひ仕事をやらしてください、と言っても、だれが相手にするだろうか。ひとりで苦しむ以外にないのだった。戦争の危機などを考えてみる余裕《よゆう》は少しもない。そのため、平和はつづき、人口、教育、欲望《よくぼう》はさらに高まり、劣等感はつぎつぎと人びとにとりつき、新しい患者をつくっていった。

もっとも、病気にかからない者もあった。だが、それは子供《こども》か精神の未発達の者で、ごくまれに万事に優《すぐ》れた者もあったが、その数はわずかだった。若《わか》くして名をあげたある作家は、数学のまったく出来ないことを苦にしていた。会えばすぐ文学論《ぶんがくろん》をはじめるのは、そのことに触《ふ》れられるのを避《さ》けるためかもしれなかった。

新しい企業《きぎょう》で相当な財産を作った事業家は、音痴《おんち》であることを、ある女優《じょゆう》は外国語のわからぬことを気にしていた。どんなにうらやむべき地位も財産も、当人たちにとっては、その欠点を補うにはまだまだ足りないもので、幸福感など少しもなかった。ましてて、なんのとりえもない多くの大衆にとっては、どうにもこうにも救われようがなかった。

「なんにもとりえがなくても、これで幸福なんだ」

とつぶやいてみても、それは引かれ者の小唄《こうた》となって自分の耳にもどってくる。いよいよ劣等感《れっとうかん》が倒錯《とうさく》したぞ、病状が進んだらしい。すぐこう気がついて、ますます苦しむ。いてもたってもいられなくなって、

「苦しくてもいいんだ。倒錯でけっこう。それでも幸福なんだ」

と、やぶれかぶれに考えるようになると、病状が第三期に入った証拠《しょうこ》だった。からだじゅうを思念の流れが、電気洗濯機《せんたくき》のなかのようにかけめぐる。しかし、それを一切《いっさい》おもてにあらわせない。あらわした途端《とたん》に、自己が収拾《しゅうしゅう》のつかないまでに分裂《ぶんれつ》して、修理不能になりそうな予感がするからだった。

患者《かんじゃ》たちは救いを求めていた。だが、本当はあきらめていた。これはなおらないんだ。

万事に傑出《けっしゅつ》した能力を持つ以外にないんだ。それができないのなら、ばかになる以外ないんだ。

そして、だれもが時どき、ばかになりたいとつぶやく。だが、ばかになる薬が作られて、さあ飲め、と出されたら、必死に拒《こば》むにちがいない。ばかになりたいとは、自分以外がばかになるといい、との意味なのだ。

結局、じっとがまんする以外には、方法がないのだった。死ぬ時を待つために生きているようなものだった。生きるために苦しんでいるのだった。

皮肉にも、文化生活は普及《ふきゅう》していた。しかし、まっ白な冷蔵庫《れいぞうこ》には、灰色《はいいろ》の雲を雪に変えてぬぐい去る能力はなく、テレビは大活躍《だいかつやく》する主人公や美しいヒロインが、見る者の心の画面に電子を射《う》ち込《こ》み、その傷口《きずぐち》をますます大きく悪化させていくのだった。

「なおるそうだ」

ひろまりはじめたこのうわさを、だれもが皮膚《ひふ》いちめんを一瞬《いっしゅん》、神経細胞《さいぼう》に変えて聞きとった。どこでも話題にされていたのだ。

「えらいことをはじめたやつがいるものだな」

「これでずいぶん救われる連中もいるだろう」

みなひとごとのように話しあっていた。だが、ひとごとのように装《よそお》うのは、ほとんど患者《かんじゃ》と見てよかった。

蔓延《まんえん》しきった、この病気の治療《ちりょう》を試みた者があらわれたのだ。末世になれば救世主が自然とでてくるように、大衆《たいしゅう》のなおりたいという願いにこたえて、ひとりの男が、その方法を完成したのだった。

マール氏という中年の男だった。中年の男というと、なにかいやらしい感じがするが、彼《かれ》の場合は紳士《しんし》だった。親ゆずりの会社をうけつぎ、しかもその会社は順調で財産もあった。彼はその財産を投げ出し、悩《なや》める大衆を助けようとしたのだ。

患者たちのうち、あきらめている者は、

「新手《あらて》のいんちき宗教《しゅうきょう》のたぐいさ。どうせ面白くない世の中だから、ひとつ大ぜいの人間をだまして、この世の思い出に楽しむか、といったたちの悪い思いつきだろう」

とうわさしたし、まだあきらめていない者は、

「いや、あの人のやることだから、いいかげんなことではない。本当に苦しむ大衆を助けようとしているのだ」

とささやいた。しかし、その計画がはっきりしてくるにつれ、

「あれならなおるかもしれない」

といううわさにまとまり、それがひろまりはじめたのだった。

彼は、自分の電気機具製造会社の工場を使って、大きな電子頭脳《ずのう》を作りはじめていた。彼は財産を惜《お》しげもなくつぎ込《こ》んだうえ、借りられるかぎりの金を借り、その仕事に熱中した。第三者から見ると、中年になってから女ぐるいや競馬場がよいをはじめた一般《いっぱん》の男と同じように、手のつけられない道楽と思えないこともなかった。

だが、彼はそんな見方を気にしないで、製造をつづけた。製造のあいまには許可を受けるために官庁《かんちょう》にかよった。

はじめのころはこうだった。

「新しい計画で仕事をはじめたいと思いますので、ひとつ許可をいただきたいのですが」

見るからに秀才《しゅうさい》タイプの若《わか》い役人は、書類からちょっと目をはなし、めんどうくさそうに聞き返した。

「いったい、なんです」

「じつは、だれもが悩《なや》まされている劣等感《れっとうかん》から、人びとを救い出す設備。まあ、精神の修理工場とでも言いますかな。役に立つと思いますがね」

「全部がなおるんですか」

その役人は、いくらか身を乗り出したように見えた。

「いや、全部は無理。半分ですね」

「半分とはどういうわけです。まあ、くわしく説明してくれませんか」

マール氏は説明をはじめた。

「現在、だれも口には出さないけれど、ほとんど全部が劣等感につきまとわれています。これはちょっとおかしな話じゃありませんか。全部が劣《おと》っているなんて、不合理ですよ。これをきちんとするために、わたしはいま、電子頭脳《ずのう》を作りかけています。できあがったら記憶《きおく》をうえつける。その時に、できるだけ多くの人からデータを集めて、きっちり平均値《へいきんち》をそろえておくのです。そうすると、完全な平均人間といったものができあがりますね。これと患者《かんじゃ》を対面させるのです。患者がこれよりまさっている場合だったら、なにも気にすることはありませんよ、あなたはすぐれたほうの人間です、とはっきり示してやることができるじゃありませんか。それでもなおらない重症《じゅうしょう》もあるかもしれませんが、おそらく相当数の人が救われます」

「もし劣っていた時は、どうなるんです」

「これはだめです。仕方がありませんね」

役人はこれを聞いていくらかけしきばんだ。

「それはちょっとひどいじゃありませんか。半分を犠牲《ぎせい》にして、半分が助かるとは」

「そうおっしゃるけど、いまは全部が苦しんでいるんですよ。半分だけでも助かるほうが、よっぽどいいじゃありませんか」

「いや、劣《おと》った半分はますますひどくなる。それまでは、もしかしたら、といった希望があったからこそ生きていたのが、絶望して死んでしまいますよ。劣った半分が死んでしまったら、生き残った者の半分が劣った半分になる。それで結局、最後には……」

マール氏はそれをなだめて説明をつづけた。

「どうもあなたはまだお若《わか》い。大学を優秀《ゆうしゅう》な成績で出られたかたには、観念的につっぱしる傾向《けいこう》があるようですね。人間というものは、そう簡単《かんたん》には死ねないものです。劣った半分は、それ以上悪くはなりません。なおりもしませんが、死ぬこともないでしょう。まあ、生と死との間にはさまっているようなものですから、動きようがなく、そのままです。しかし、半分は完全になおります。それでいいじゃありませんか。それに、なおらない連中としても、なおったように装《よそお》いますから、問題はあまり起るまいと思います。なにしろいまのままでは、だれもかれも苦しんでいるんです。せめてなおる者だけでも、一刻《いっこく》も早く救ったほうが、社会のためじゃあありませんか。ぜひ、許可のほうを、よろしくお願いします」

そう言われると役人も、なおる者をほっておくわけにもいくまい、といった気になった。

「ご説明をうかがうと、もっともな点もありますね。しかし、わたしだけでは、なんとも言えません。上司《じょうし》と相談してご希望にそうように致《いた》しましょう」

マール氏はその後、ひきつづいて各方面から猛運動《もううんどう》をくり返した。そして、許可の見とおしがつくにつれ、問題の電子頭脳《ずのう》も完成に近づいていった。

幸福検定クラブは、いよいよ発足《ほっそく》した。

都会のまんなか近く、あるビルの部屋を借りて、仕事がはじめられた。このクラブの入口と出口はべつになっていた。もちろん、混雑緩和《かんわ》の意味もあったが、こうしておけば、出てくる者と入ってくる者とが、顔をあわせないですむだろうとの配慮《はいりょ》からだった。

そのため、だれがやってきたかは、わからないしかけになっていた。もっとも、出口でがんばっていたらべつだが、人通りのはげしい道で、長いあいだ立って見ているのは、よほどのひま人でなければいなかった。

クラブの事務員としては、若《わか》い男二人もあればじゅうぶんだった。手数料だけさきに取って、あとは患者《かんじゃ》を装置《そうち》のある部屋に入れて、一人で話をさせておけばよい。患者は名前を言う必要などない。また、装置と話をする時、他人がそばにいるのだろう、との心配も無用だった。診断《しんだん》を下す者もいらないのだった。診断は患者たちが自分できめるのだ。その装置に対して劣等感《れっとうかん》を感じるか、感じないかで。

結果を知る者は、それぞれの患者だけだった。しかし、劣等感から救われた人は、すぐにわかった。なおった連中はすぐに口をそろえて、つぎのように話すのだから。

「じつは、いまだからこそ、こう口に出せるんですが、わたしはずいぶん、ひどい劣等感に悩《なや》まされていたんですよ。でも、このクラブのことを聞いたときは、行って見ようかどうしようか、けっこう考えてみたものです。もし劣《おと》った半分に入ったら、どうしようかと思ってね。

しかし、あるとき気がついた。なおらなくて、もともと。なおったら、もうけものじゃありませんか。自分はなにも出さず、相手にだけ賭《か》けさせて、勝負をするようなものですからね。思い切って出かけてみたわけです。だが、やはり、いくらかは心配でした。

部屋に入れられて、その有名なる電子頭脳《ずのう》とやらは、どんな設備なのかと思って見ましたわけですが、たいしたものもありません。それとも、主要部分は隣《とな》りの部屋にでもあるのかもしれません。

まず、自分の性別、年齢《ねんれい》などを、ダイヤルをまわして合せる。すると正面のスクリーンに人物の像があらわれてきます。これがわたし程度のものの、標準人間なのだそうです。息をのんで待ちかまえていたんですが、それを見て、いくらかほっとしましたね。なにしろ、あまりぱっとしないようすのやつでしたから。いささか劣等感も薄《うす》らぎました。

それに、話しかけてみると、返事をするではありませんか。最初は無理して高級な話題を持ち出しましたが、通じません。だんだん話しているうちに、相手の低級なことに気がつきました。まあ、ひと安心というところですね。安心のつぎには、驚《おどろ》きましたよ。あれがわれわれの平均かと思うと、情けなくもなってきました。世の中には、愚劣《ぐれつ》な人間がたくさんいるものとみえますね。いままで、自分がなにをくよくよしていたのか、ばかばかしくなりました。

わたしは字の下手なのを気にしていたので、字を書いてくれと頼《たの》むと、べつなスクリーンに字が出てきました。これも、わたしより、だいぶ下手ですね。これでほとんど劣《れっ》等感《とうかん》がなくなったので、部屋を出ようとした時に、ついでだから歌を歌ってくれとたのんでみましたが、その歌も下手なものですよ。長いあいだの胸《むね》のつかえが取れたような気分で、部屋を出ました。部屋を出ると、スイッチが切れるしかけになっているらしく、ふりかえった時には、スクリーンの像は消えていました。

こんなわけで、まったく劣等感はなくなりました。これもあの電子頭脳《ずのう》とやらのおかげですね。文明の利器《りき》です。あれがなかったら、あのまま一生をすごさなければならな

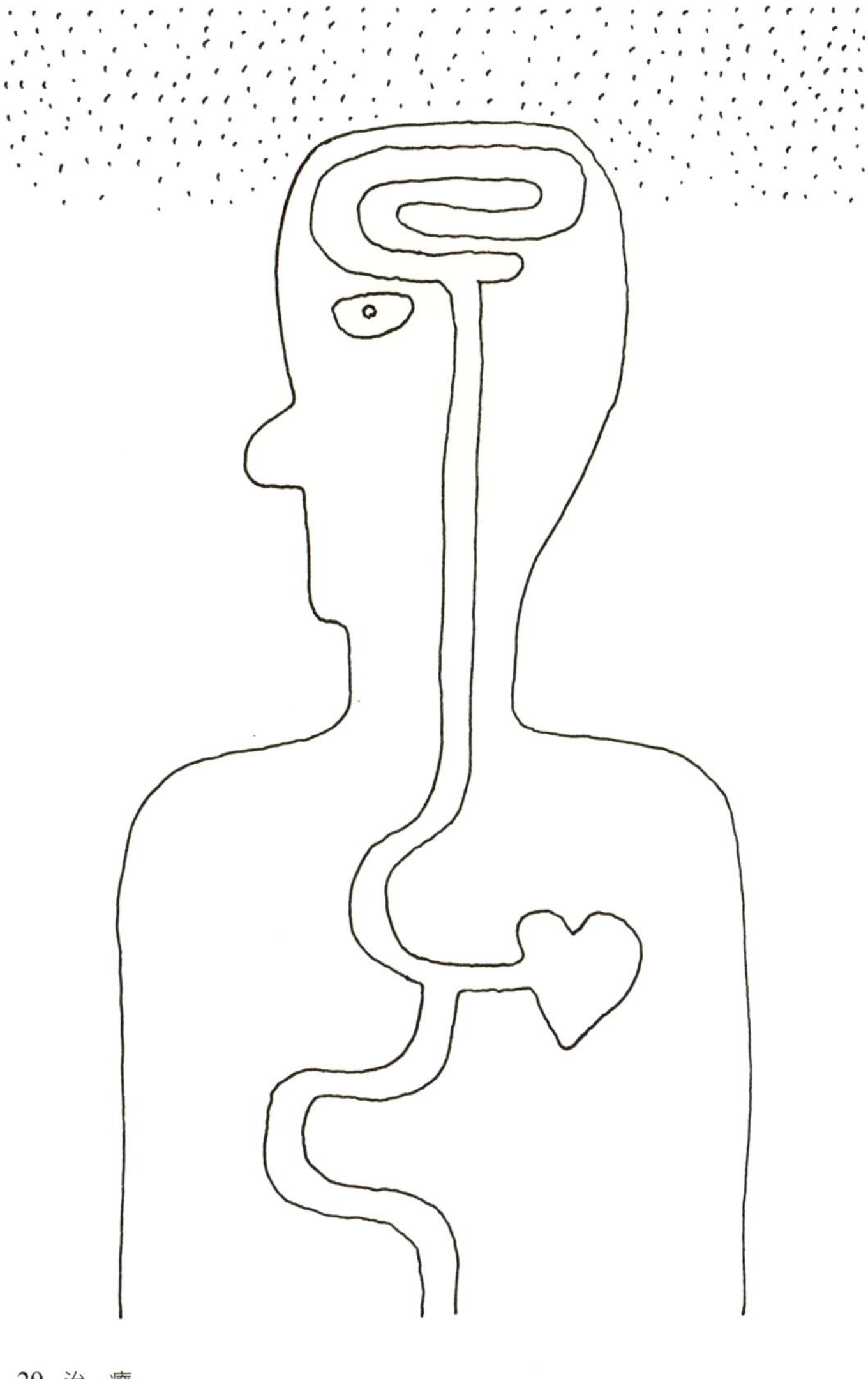

29 治　療

かったのかも知れません。

ところで、あなたも、早く行ってみたらどうです。なに、心配することはありません。なにしろ低級です。劣《おと》った半分に入るような連中は、くよくよしないから、きっとクラブには行かないでしょう。なるほど、これでみんなが幸福になる時代が来たことになるわけですね」

なおった者の話すことはだいたい同じようなものだった。

私《わたし》の心は救われた、と随筆《ずいひつ》に書く有名人もふえてきた。なおらない者もあったにちがいないが、その連中はしゃべらないのだから、行けばなおるといったうわさばかりがひろがっていった。

クラブには多くの人が押《お》しかけた。マール会長は趣味《しゅみ》に熱中するように働きつづけた。彼《かれ》は患者《かんじゃ》たちからの収入《しゅうにゅう》で、つぎつぎと電子頭脳《ずのう》を製造した。地方にも同じような設備を作るためだった。新しいのが何台も作られ、いままでのものから記憶《きおく》を吸収《きゅうしゅう》して、運ばれていった。

好評だった。

だが、あまり好評なので、警視庁《けいしちょう》ではひそかに調査をはじめた。マール会長が電子頭脳のデーターを手加減《てかげん》して、実際よりはるか下を、平均と称《しょう》しているのではないか、と想像したからだった。しかし、この調査に手をつけるべきかどうかで、ひともめあった。

あれだけ多くの人から劣等感をぬぐい去っているのだから、手加減があったとしても、目をつぶっていた方がいいのではないか。むしろ奨励《しょうれい》した方が世のためだ。知らぬが仏《ほとけ》。いまさら仏をあばいたところでどうなる。もとにもどるだけさ。やめた方がいい。

反対意見もあった。いやいや、悪事はいつまでもかくせない。それでは、せっかく幸福になった者を、いつか引きもどすことになる。早く調査して正確なものにしておかなくては。へんなうわさをたてられてからでは、ぐあいが悪い。幸福は真実の上にこそ築かれるべきだ。いいかげんなものでは、人間性の冒瀆《ぼうとく》だ。

二派《は》に分れて、それぞれ意見を述《の》べあったあげく、結局、後者が勝を占《し》めた。警視庁《けいしちょう》としては疑問《ぎもん》をほっておいて、あとになってから、やれ、くされ縁《えん》だとかなんとか言われるのにはこりていた。

そして、さっそく調査のための係官の何人かが、幸福検定クラブの会長室に向った。勢いこんでの質問に、マール会長は落ち着いた様子で、つぎのように答えた。

「ああ、そのお疑《うたが》いは、ごもっともです。しかし、心配はご無用。データーも装置《そうち》も正確なものです。データーにあつめた個人名を発表されるのは困《こま》りますが、お調べになるのはかまいません。

実際を申しますとね、わたしも標準を下げようかと考えたこともありました。少しでも多くの人を助けたいものですから。なおった人たちから時どき、お礼の手紙などをいただきますが、それを読むと、本当に人助けになってよかったと思います。

また、劣《おと》った半分と判定を受けて帰った人たちのことを考えると、せめて、装置が間《ま》違《ちが》っていたのかも知れないと、考える余地を残しておいてあげたいような気もします。まったく気の毒ですからね。

そこで、なおらなかった者に費用をかえしてあげる方法はないかと考えてみました。しかし、これは方法がありませんね。なおらなかった者はなおったような顔をして帰って行くでしょうし、ぬけぬけと、返してくれ、と申し出て来る連中は、案外、なおった者たちばかりになるかも知れず、判断のつけようがありません。

だが、結局、そんな人間くさいことを考えていては、この仕事はやっていけません。なおるものはなおるし、なおらぬものはなおらぬ。非情なものです。社会だって、こんなものではありませんか。いったい、だれがいけないんでしょう。あるいは科学が進みすぎたからかも知れませんよ。毒を以《もっ》て毒を制す。せめて半分だけでも、助けられるように、わたしはこの電子頭脳《ずのう》を作ったのです。これがもし、全部を救えるのでしたら、わたしもキリストになれるんでしょうにねえ」

この説明を聞いた係官たちは、念のため、慎重《しんちょう》にクラブ内を調査したが、べつに不都合は発見されなかった。マール会長は、調査を終えて帰りかける係官たちにあいさつをした。

「調べて頂《いただ》いて、わたしも安心しました。これからは、さらに多くの人を救うようにがんばります。ところで、どうですか。あなた方のうちで、まだ、おためしになっていらっしゃらない方はありませんか。まだの方は、ついでですから、ちょっとためして行かれたらいかがです。代金の点はけっこうですから……」

幸福検定クラブの電子頭脳《ずのう》は、電力を消費しながら、動きつづけていた。都会のも、また地方につぎつぎと作られたのも、連日、多くの人の話し相手になって、消すことのできる劣等感《れっとうかん》を消していった。

あれほど猛威《もうい》をふるった劣等感もしだいに各地から駆逐《くちく》されていった。社会には明るい雰囲気《ふんいき》がただよいはじめた。劣等感にともなって作り出されていた、虚勢《きょせい》などがなくなっていった。深刻《しんこく》めいた顔つきを、わざわざ作りあげる努力もいらなくなった。もっとも、いままでだれもが深刻めいた顔つきをしていたのは、わざわざしていた者ばかりではなかった。劣等感の重症《じゅうしょう》なときは、どうしても深刻な顔つきにならざるを得ない者もあったのだ。

だれもが、いつも、お正月のようにのんびりした顔つきになった。せかせかと歩きまわる者も少なくなった。しかも、社会には特に悪い影響《えいきょう》もなかった。生産は充分《じゅうぶん》あるのだから、ぜいたくなことをしようとしなければ、食っていけた。劣等感がなくなったので、無理をしてまでぜいたくをしようとする者もなくなっていたのだ。

新聞や雑誌《ざっし》からは、大げさな文章がへっていった。へたに大げさな文章を書くと、

「あいつは、まだ劣等感があるんじゃないか」

と、ひやかされるせいもあった。

幸福検定クラブに来る患者《かんじゃ》たちは、最初ほどではなくなったが、まだまだ続いていた。劣《おと》った半分に判定を受けたものが、何度もやってくるからだった。そして、そのなか

からは、なおる者もでた。

クラブの事務員たちは、仕事になれたせいもあって、時には雑談もできるようになった。

「この機械が、こんなに社会のためになるとは、思いもよらなかったな」

「うん。すごい好評だ。会長は外国からの依頼《いらい》で、指導のために洋行するらしいぞ。いよいよこんどは輸出だ。ご神体が海を渡《わた》る、というわけだな。神さまも現代になるところんな形のものになるとみえる」

「ところで、きみは現代の神さまの洗礼《せんれい》は受けたのかい」

「ああ、ついこのあいだだ。なにしろ、あの忙《いそが》しさでは、こっちの使うひまなんかなかったじゃないか。難《なん》なくパスしたけどね」

「ぼくも三日ほど前に使ってみたよ。じつは、いささか心配だったので、なかなか決心がつかなかったせいもあったがね。しかし、あんなに平均値《へいきんち》が低いものとは思わなかった」

「そんなものさ。やれやれ。まったくのんびりした世の中になったものだ」

「ああ。ぱっとしたことをするやつが、ぜんぜんいなくなったからな。昔はぱっとしたことをやりたくて、みなが鵜《う》の目鷹《たか》の目でさがしまわっていたものだった。いったい、これでいいのかね。あの電子頭脳《ずのう》というやつは、将来《しょうらい》、劣等感《れっとうかん》が必要になったら返してくれるのかな」

「返してくれるものか。神さまは、われわれの苦悩《くのう》をひきとるだけさ」

二人はのんびりと会話をつづけた。しかし、なおった者たちの頭を時どきかすめることは、劣《おと》った半分に判定された者たちのことだった。

「だけど、劣った半分にきまった連中は、どうしているんだろうな」

「ぼくもそのことを考えると、ちょっと気の毒になるね。劣等感に悩《なや》まされながら、そう見せまいと、のんびりした顔つきを装《よそお》うんだから、その努力はさぞ大へんだろう」

「まあ、気にするな。なぐさめてやるわけにもいかないんだから。患者《かんじゃ》かどうかは、その本人以外には知りようがないんだぜ」

その通りだった。クラブの事務員たちの雑談のように、患者《かんじゃ》をなぐさめる方法はなかった。しかし、劣《おと》った半分の者も、しだいになおりつつあったのだ。

それはマール会長のおかげだった。会長は熱心に働きつづけていた。彼《かれ》の活躍《かつやく》ぶりは、時には本当の救世主のようにも見えた。装置《そうち》の正確さを保つために、つねに新しくデーターを集めて、電子頭脳《ずのう》に入れかえていた。そのたびに古いデーターは捨《す》てられていたのだ。

スクリーンに出る標準人間の顔つきは、ますますのんびりとしていった。そのため、はじめのうちは劣った半分に判定された連中も、何回かかようううちに、標準人間を追い抜《ぬ》くのだった。そして、標準人間を追い抜いた途端《とたん》に、向上への努力をやめるのだった。標準人間の顔つきは、それによって、時とともに、のんびりの度合いを増した。もう、こうなると、のんびりと言うよりぼんやりといったほうが良かった。もちろん、だれの顔も標準人間と大差なくなっていた。

マール会長の手によって輸出された電子頭脳は、世界中に行きわたり、どこの国民もみなその洗礼《せんれい》を受けていた。マール氏は、しばらくは救世主のように思われていた。しかし、また、しばらくすると忘《わす》れ去られた。救世主は、世を救ってしまえば用はないのだった。それに、大衆のぼんやりした頭には、そんなことを考える能力がなくなったからかも知れなかった。

一時はあれほど混雑した幸福検定クラブも、いまはまったく患者が来なくなった。マール会長は、しばらくぶりで、幸福検定クラブにあらわれた。アラスカのエスキモーのために一台備えつけに行き、それからアマゾンの奥地《おくち》に旅行して、そこにも設備を完成してきたのだった。もう、世界じゅう行きわたらないところはなくなっていた。

会長がクラブに現れても、だれも出迎《でむか》える者はいなかった。二人の事務員は机《つくえ》にむかって居眠《いねむ》りをしていた。しかし、彼は事務員たちを起そうともせず、治療室《ちりょうしつ》にはいった。

そして、スクリーンの前に立った。

「もう大丈夫《だいじょうぶ》だろう」

彼《かれ》は小声でつぶやきながら、ダイヤルを合せはじめた。彼のポケットには、預金通帳がはいっていた。その右下の金額は想像もつかない数字になっていた。それに、世の中の人間は、すべてぼんやりした人間になっている。これからスクリーンにあらわれる標準人間が、彼よりはるかに低級であることには間違《まちが》いはなかった。彼は、その標準人間を相手に、思い切り優越感《ゆうえつかん》を味わってやるつもりだった。そのためにこそ、今日まで装置《そうち》との対面をのばしていたのだった。

彼は今日まで心のなかで暴れまわるままにさせておいた劣等感《れっとうかん》を、むしろ、いとおしく味わいながらダイヤルを合せた。

標準人間がスクリーンに浮《う》かびでた。およそ気のきかない様子をしていた。話しかけても、低級きわまる答えをぼそぼそとくり返すだけだった。マール氏はそれにむかってつぎつぎと話しかけ、思いきり、からかった。しかし、予期した手ごたえはなく、なんかもの足りなかった。

標準人間は、からかわれようと、軽蔑《けいべつ》されようと、なんの反応も示さなかった。それはすべての人びとから、そのようなことをいやがる感情が、ことごとく失われていることを示していた。

マール氏は、はじめてこのことに気づき、あらゆる人からとりのこされてしまったことを知り、たとえようもない孤独感《こどくかん》を味わった。

タイムボックス

「やあ、よく来てくれました。いそがしいところを呼《よ》んだりして、悪かったかな」

エフ博士は研究室にたずねてきたアール氏に対し、椅子《いす》をすすめながら、こう言った。

「いや、わたしは昼間はそういそがしくありませんよ。ところで、さっきの電話では、先生がタイムマシンを完成なさったそうで。このところ、しばらくわたしの店においでにならないから、ご病気かと心配しておりましたが、そんな研究をなさっていたとは、少しも知りませんでした」

「ひと口に言えば、タイムマシンの完成ですが、正確に言えば、タイムマシンでもなければ、完成でもありません。名前をつけるとしたら、むしろタイムボックスとでも呼んだほうがいいかもしれません」

「タイムボックスとは、またあまり聞きなれない言葉ですな」

アール氏は首をかしげながら、にっこりと笑った。このアール氏はバー兼《けん》もぐりの賭《と》博《ばく》クラブを経営している。もっとも、賭博クラブといっても、映画《えいが》などにでてくるような大がかりなものではなく、バーにくる常連たちのうち賭博の好きな者を集め、別室で金をかけてダイスをころがすといった程度のものであった。

エフ博士はその会員であったし、また二人は妙《みょう》にうまがあったので、このように個人的なつきあいも行なわれていた。

「いま実物をお目にかけましょう。その原理について、数式をごちゃごちゃ書き並《なら》べて説明したいところですが、それはやめておきましょう。あなたにあくびを連発させるばかりでしょうし、一部分はわたしにもわからない点が残っています。それより、早いところ効果を直接に見てもらったほうがいい。ちょっと待って下さい」

博士は研究室の片《かた》すみにいって、箱をかかえてもどってきた。そして、それをそっと

机《つくえ》の上に置いた。銀色をしたその四角な金属製《きんぞくせい》の箱には、ふたはついていなかったが、まわりにはコイルだの、ダイヤルだのが複雑にとりつけられてあった。

アール氏は椅子《いす》にかけたまま首をのばし、なかをのぞきこんでみたが、なかはからっぽで、なにも入っていなかった。

「なるほど。タイムボックスというだけあって、箱の一種のようですな。だが、このなかになにを入れようというのです」

ここで、エフ博士は苦笑いをした。

「そこですよ、問題は。どうもわたしには、アイデアを思いつくと、前後を考えずに熱中する性質があります。このタイムボックスも、相当な研究費をかけてここまでこぎつけたものの、さて、なにを入れたらいいかとなって、はたと困《こま》りました。どうも、いい利用法が思いつきません。そこで、あなたなら世の中のことにくわしいから、なにかいい利用法を考え出してくれるだろうと気がつきました。きょうお呼《よ》びしたのは、そのためです」

「もちろん、わたしにできることでしたら、なんなりと。で、その箱はいったい、どんな働きをするのですか」

「そうそう、それをお知りにならないうちは、なんとも言いようがないわけですね。では、さっそくやってみましょう」

エフ博士は、まず箱の一端《いったん》から出ているコードを電源《でんげん》につないだ。また、植木鉢《うえきばち》を一つ持ってきて、その土のなかに球根のようなものをそっと埋《う》めた。

「いま埋めたのはなんです」

「チューリップの球根です。まあ、見ていて下さい」

こう言いながら、博士は植木鉢をタイムボックスと称《しょう》する箱のなかに置いた。それから、太陽灯をつけ、光が箱のなかに注ぎこむようにし、ダイヤルをまわした。

金属的な低いうなり声が、部屋のなかにひびいた。

「あ。これはこれは」

アール氏が大声をあげ、ふいに目を大きく見開いたのも無理もなかった。タイムボックスのなかで、強い太陽灯の光をあびていた植木鉢の土が、かすかに動いたかと思うと、そこから緑色の芽が伸《の》び出してきたのだ。

「ひとつ、もっと速度をあげてごらんにいれましょう」

博士はダイヤルをさらにまわした。すると、それに応ずるかのように葉の成長は早くなり、やがて黄色いチューリップの花が開いた。博士はここでダイヤルをもどし、植物の成長をいったん停止させ、黙《だま》ったまま見とれているアール氏に話しかけた。

「まあ、こういったぐあいです」

「なるほど、なるほど。すばらしい現象ですな。話に聞くインドの魔術《まじゅつ》にも、このようなのがあったようですが」

「ええ、おっしゃる通り、じつはヒントをそこから得たのです。インドの行者たちは、これと同じようなことを精神力で行なって見せるわけです。わたしはそれを、電磁場《でんじば》で代用できるのではないか、と思いついたのがはじまりです」

「すごい発明ではありませんか。先生は行者の専有物《せんゆうぶつ》を、万人《ばんにん》に解放することに成功なさったわけですね」

「いや、まだ、そう断言できる状態ではありません。というのは、研究がどうもうまくゆかず、ある晩《ばん》おたくの店で酒を飲んだあと、酔《よ》いにまかせてめちゃめちゃに電線を巻《ま》きつけてみたことがありました。つぎの日に動かしてみると、なんと、うまく動くではありませんか。ですから、これを注意ぶかく分解し、設計図を書き終るまでは、完成とは言えないのです」

「しかし、まあ、それなら完成と言ってもいいでしょう。で、この働きはこれで終りですか」

「いや、スイッチを切り換《か》えれば、いまのことをまったく逆にすることもできます。こんどはそれをやってみましょう」

博士は、スイッチを切り換え、ダイヤルをまわした。すると、映画《えいが》のフィルムを逆に流して映写《えいしゃ》した時のように、咲《さ》いていた花はつぼみとなり、また、葉は小さくちぢまり、やがて土のなかにもどっていった。

箱についているメーターの数字がゼロを示すと、博士はスイッチを切り、土のなかから球根をほり出して見せた。それは、さっき埋《う》める前のものとまったく同じだった。

「妙《みょう》な装置《そうち》を発明なさったものですな」

アール氏は狐《きつね》につままれたような顔つきになり、エフ博士は苦笑いの表情にもどった。

「たしかにこれは、いままでに、だれも作らなかった装置でしょう。だが、これをどう利用するかとなると、なにも思い浮《う》かびません。設計図を書く気にもならないのです」

「しかし、これだけの働きを持っているのですから……」

「もちろん、子供《こども》の教育用オモチャとしての役には立つでしょうが、費用がかかって、一般《いっぱん》に普及《ふきゅう》するとは思えません。植物の促成栽培《そくせいさいばい》なら植物ホルモンを使ったほうが経済《けいざい》的《てき》ですし、原子炉《げんしろ》のカスの放射能《ほうしゃのう》半減期を早めるのも、計算してみると、ロケットで宇《う》宙《ちゅう》へ捨てたほうが安あがりです」

アール氏はこの時、思いついたように言った。

「どうでしょう。ウイスキーを古くするのに使ったら……」

「いや、その計算もやってみたが、十年物を作るには結構金がかかって、やはり引きあわない」

「引きあわないことばかりですな。では、国家に買上げてもらったらどうでしょう。大型のを作って、そのなかに終身刑《しゅうしんけい》の囚人《しゅうじん》を入れたら。これなら人道的でしょう」

「だめだろうな。国民の税金を、そう囚人につぎこむこともできまい」

「こうなったら、先生をインドの行者に仕立て、魔術《まじゅつ》ショーで世界中を興行《こうぎょう》してまわりましょうか」

と、アール氏は冗談《じょうだん》を言ったが、エフ博士は頭をかかえた。

「とんでもない。そんなことはまっぴらだ。ああ、われながら、まったく情なくなってきた」

「まあ、そう悲観することはありません。これだけの装置《そうち》なのですから、なにか利用法があるはずですよ」

こう言ってなぐさめながら、アール氏はタバコを吸《す》おうと思って、ポケットに手を入れた。その時、指先にさわったものがあった。

「あ、いい方法を思いつきましたよ。これなら絶対です。そのタイムボックスのなかで、これをころがしてみてください」

と、アール氏の出した手のひらの上には、ダイスが一つ乗っていた。エフ博士はそれを眺《なが》め、ふしぎそうに言った。

「そのダイスを……」

「ええ、そうです。その装置のなかには未来が現出《げんしゅつ》するわけでしょう。だから、そのなかでダイスをころがせば、このダイスが未来にどの目を出す運命を持っているかがわかるわけです。それを知ることができれば、どんないいことがあるか、先生にもおわかりになるでしょう」

「うむ。その順序に賭《か》ければいいわけだな。では、さっそく実験してみよう」

博士は、簡単《かんたん》なしかけを箱のなかにとりつけ、ダイスをころがすことができるようにした。二人はのぞきこみ、ダイヤルを回したりとめたりしながら、つぎつぎと出るダイスの目を記録にとった。それを十回ばかりつづけ、それからスイッチを切り換《か》え、ダイヤルをもとにもどし、ダイスを取りだした。

アール氏はそれを手のひらにのせ、感嘆《かんたん》したようにつぶやいた。

「このダイスの、これから出る目を、われわれが知っているとは……」

「だが、念のために、もう一回ためしてみるとしよう」

エフ博士は今の実験をたしかめるため、もう一回、同じことをくりかえした。だが、ダイスはころがりながら、さっき記録した通りの順で目を出しつづけた。

「これで安心です。これを使えば負けることはありません。今晩《こんばん》、ぜひわたしの店においで下さい。もっとも、わたしとやったのでは意味がありません。わたしが適当な人を紹介《しょうかい》しますから、そのお客と一対一の勝負をするのですよ。その時にわたしがこのダイスを出しましょう」

「うむ。そうしよう。これなら研究費の回収《かいしゅう》もまもなくでき、さらに大金持ちになれる。だが、あまり勝ちつづけると相手は怪《あや》しむだろうな」

二人が話しあいながら、ダイスを見つめていたが、十何回目かになった時、思わず顔を見あわせた。

ころがっていたダイスが、ふいにまっ二つに割《わ》れてしまったのだ。

「これは……」

「おそらく、ダイスが割れる運命を持っているのでしょう。きっと、不審《ふしん》を抱《いだ》いた相手が調べようとして、ハンマーでダイスを割るといったことになるかもしれません」

「なるほど、考えられる事件だな」

「しかし、割ってみたところで、しかけがあるわけではありませんから、問題にはなりませんよ」

博士はうなずき、スイッチを切りかえ、ダイヤルをまわした。そして、ひび一つないものにもどったダイスをつまみあげた。

「では、よろしくたのむ」

その夜はすべてうまくいった。ダイスは予定された通りの目を出しつづけ、エフ博士は勝ちつづけ、相手となったカモは負けつづけた。

だが、予定されていると思われた、いざこざは起らなかった。紳士的《しんしてき》な相手はダイスを怪《あや》しむことなく、

「どうも、きょうはまったくついていない。これでやめるとしよう」

と引きあげてしまったのだ。そのため、ダイスは割《わ》られるに至《いた》らなかった。

つぎの日、アール氏は博士の研究室にいくつものダイスを持ちこんできた。

「先生。うまくいきましたね。ひとつ、きょうはこのダイスをみな調べて下さい。わたしにももうけさせて下さいよ」

「それはいいが、わたしはきのうのダイスがまだ割れないのが、どうもふしぎだ。このままそっとしておけば、割れることはないはずだが」

エフ博士はきのう使ったダイスを眺《なが》めながら、ぶつぶつ言った。

「そんな研究はあとまわしにして下さい。金もうけのほうが大切ですよ」

「うむ」

エフ博士はコードを電源《でんげん》につないだ。そのとたん、タイムボックスはきのうとちがった調子の音をたてはじめた。

「おかしい。身をかくせ」

二人が机《つくえ》の下にかくれるやいなや、装置《そうち》はばらばらに分解し、勢いよく飛び散った部分品の一つは、問題のダイスに当って、まっ二つに割った。

適当な方法

大きくて清潔な病院だった。

ある夜おそく、救急車にのせられて、ぐったりとなった青年が運びこまれてきた。宿直の医者はそれを迎《むか》え、ひとまず病院のベッドに横たえた。そして、救急車の人たちに質問した。

「どうしたのです」

「道ばたにねそべり、なにかぶつぶつ言っていたそうです。それを発見した者が通報してきたので、救急車が連れにいったわけです。酔《よ》いつぶれているのではないでしょうか」

たしかに、青年からは酒のにおいが発散していた。医者もそれをみとめた。

「そのようです。さっそく手当てをし、適切な治療《ちりょう》を試みることにいたしましょう。ごくろうさまでした」

「よろしくお願いします」

と、救急車はひきあげていった。医者は酔いをさまさせるべく、何種かの薬を注射《ちゅうしゃ》した。青年はやがて目を開き、口をきいた。

「ここは病院だな。なぜおれを、こんな所に連れてきた」

「あなたが、酔いつぶれていたからです」

「まったく、よけいなおせっかいだ」

「おせっかいかもしれませんが、無茶な飲み方は、からだのためによくありませんよ。飲むなとは言いませんが、適当な量になさったらどうです」

「もちろん、それくらいは知っている。できれば、飲まずにすませたい」

「ははあ、なにか精神的な原因がおありのようですな。どうです、お話しになってみては。おなおしできるかもしれません」

「なおせるものか。しかし、いちおう話しましょう。要するに、いまの世の中が面白くないんだ」

青年は吐《は》き出すように言い、医者はもっともらしくうなずいた。

「なるほど。問題が世の中とあっては、医者の手には負えませんな。しかし、どこが気にいらないのです。だんだん平穏《へいおん》になって、けっこうなことではありませんか」

「そこなんだ、面白くないのは。いつのまにか世の中が、平凡化《へいぼんか》の一途《いっと》をたどりはじめている。だれもかれもが同じような生活をし、同じような考え方をしている。顔つきまで均一化《きんいっか》してきたようだ。ちょうど広い野菜畑、養魚場の池、オートメーション工場などのなかにいるような感じだ」

「そんな状態の、どこが気にいりませんか。それで害をうけることはないでしょう」

「いい悪いの問題じゃない。だれもかれも適当に働き、適当に遊んでいる。怠《なま》けるわけでもないが、仕事に熱中するわけでもない。はめをはずすことなく、ほどよい遊び方を

59　適当な方法

する。話しあってみると、しごく物わかりがいい。ちょっと気のきいたことは言うが、けたはずれのことは、決して考えようとしない。健全そのものというべきなんだろうな」

「それが時代の傾向《けいこう》というものでしょう」

「だれもかれもが適当に文句を言う。しかし、決して大きな文句は言わない。だが、無茶と思われてもいい。おれは文句を叫《さけ》ぶぞ」

「なにを言おうというのです」

「こんな世の中のために、おれは不満感で悩《なや》んでいる。これというのも国家の責任だ。どうしてくれる」

と、青年は声をはりあげた。医者は肩《かた》をすくめながら言った。

「なるほど、たしかに無茶な説ですな」

「ほかの人たちは、こんなことで悩まないのだろうか」

「悩んでいる人もあるでしょう。しかし、適当な方法でそれを解決しているのでしょう」

「適当な方法とやらで、解決をしているやつらはいい。だがおれは酒でも飲んで、酔《よ》いつぶれるほかに方法がない。だから、国家はおれに、その酒代を支給すべきなんだ。さもなければ、おれのアル中をなおし、すがすがしい頭になおしてくれるべきだ」

文句を言いつづける青年に、医者は提案した。

「どうでしょう、しばらく入院なさってみては。できるだけの努力はしてみますが」

「してもいい。だが、その入院費は国家が全額を負担《ふたん》すべきだ」

「まあ、そう大声を出さないで、治療《ちりょう》のほうを先にすませましょう。治療費の金額が確定しないと、請求《せいきゅう》しようにも、はじめから問題にされないでしょう」

「それもそうだ。しかし、退院してからは、訴訟《そしょう》をおこしてでも、断固として闘《たたか》いとってやるぞ。そうとも。とらずにおくものか」

「その意気ですよ。この病院には多くの設備がそなえてあります。きっと、すべてがよくなりますよ」

青年はそのまま入院し、つぎの日から一連の治療《ちりょう》をうけた。エレクトロニクス応用とかいう、はじめてみる装置《そうち》、新しく開発された薬品などが、つぎつぎと試みられた。

そして数日たち、青年は最終的な検査をされた。医者は微妙《びみょう》な曲線の描《えが》かれた紙を示しながら、説明した。

「どうです、これがあなたの脳波《のうは》です。また、こっちは標準の人のものです。ごらんなさい。同じ型になったでしょう。つまり、全快なさったというわけです」

「そういえば、自分でも気分がなごやかになったように思えます」

と、青年は明るい声で答えた。医者も喜ばしいといった表情だった。

「ところで、治療をはじめる前にあなたは、費用を全部国家に請求《せいきゅう》する、とかおっしゃっていましたが……」

「そうそう、そんなことを口にしたようだ。しかし、よく考えてみると、筋《すじ》が通らないことかもしれないな。いったい治療費はどれくらいかかったのです」

医者は事務員を呼《よ》び、一枚《まい》の紙片《しへん》を持ってこさせた。青年はそれを受けとり、のぞきこんでいたが、やがて、ふしぎそうな口調で聞いた。

「請求書かと思ったら、領収書《りょうしゅうしょ》ではありませんか。どういうわけです。先生にご迷惑《めいわく》をかける気はありませんよ」

「いいんですよ、わたしではありませんから」

「では、だれなんです、払《はら》ってくれたのは」

「国家ですよ。じつは、あなたのような患者《かんじゃ》をなおすために、補助金《ほじょきん》が出ているのです。また、治療装置も新薬も、無料で病院に配置されたものなのです」

「そうだったのか。少しも知らなかった。国家もなかなか気がきいたことをやる。しかし、先生もひとが悪いな。なぜ最初におっしゃらなかったのです」

と青年は文句を言った。だが、笑いながらで、責めるような感情はこもっていなかった。

「もっともな疑問《ぎもん》です。初めのころはわたしたちも、患者にそれを告げていました。しかし、そのためにてこずる場合が多かったのです。言わないことに方針《ほうしん》を変えてからは、ずっと順調です」

「なぜでしょうか」

「おれの個性を消してしまうつもりなんだろう、とさわぐのです。なかには、陰謀《いんぼう》だなんて叫《さけ》んだりしてね。つまり、邪推《じゃすい》ですよ」

「ありうることですね。世の中には、妙《みょう》な考え方をするやつがいますからね」

「なにはさておき、健全なからだになれて、おめでとうございます」

「ありがとう」

青年はうれしげに頭をさげ、自分の口笛にあわせた踊《おど》るような足どりで、街の人ごみに加わっていった。

タバコ

元日の朝。ケイ氏は寝床《ねどこ》のなかで目をさました。隣家《りんか》の庭あたりで、羽根をつく音が単調にひびいていた。新しい年の陽が、窓《まど》から美しくさしこんでいた。茶の間のほうで、彼《かれ》の妻の声がした。

「あなた、そろそろお起きになったら、お雑煮《ぞうに》もできたわ」

「ああ……」

彼はあくびとも返事ともつかない声を出し、いつもの習慣で、手を伸《の》ばして枕《まくら》もとをさぐろうとした。しかし、すぐに昨夜のことを思い出し、その手をひっこめた。

昨夜、年越《としこ》しのテレビ番組を眺《なが》めながら、ケイ氏は一大決心を実行しようと試みた。

元日からは禁煙《きんえん》をしよう。タバコぐらい無意味なものはない。肺《はい》や心臓《しんぞう》に悪いそうだし、火事のもとにもなる。彼《かれ》は妻にその決心を表明した。

「おれは元日から禁煙する」

「無理することはないわよ。とくにお金に困《こま》るわけでもないし、からだに悪いほど大量に吸《す》ってもいないじゃないの」

妻はあまり相手にしなかったが、ケイ氏は大声で主張した。

「いや、必ず禁煙してみせる。あしたからは吸わない」

そして、眠《ねむ》ったのだ。

しかし、いまや決心が少しぐらついていた。ケイ氏は寝床《ねどこ》のなかでぶつぶつ言った。なにも、そう急にやめることはない。禁煙するかしないかは、もう一本吸いながら改めて検討《けんとう》することにしよう。長いあいだつきあってきたタバコに、お別れのキスぐらいしなくては悪い。こんな理屈《りくつ》をこねあげて、彼は自分に言いきかせ、ふたたび手を伸《の》ばし

67 タバコ

た。

だが、手にはなにも触《ふ》れなかった。彼《かれ》は身を起こし、激《はげ》しくまばたきをした。眠《ねむ》る前にあったはずの灰皿《はいざら》、タバコの箱、ライターがなくなっていたのだ。彼は目をこすったが、タバコのないことに変りなかった。また、自分をつねってみると、たしかに痛《いた》かった。

ははあ、禁煙《きんえん》を実行させるために、眠っているうちに、どこかにかくしたな。しかし、昨夜の手前もあり、また、元日の朝から妻をどなるのも感心しないことなので、ケイ氏は起きあがり、顔を洗《あら》って食卓《しょくたく》についた。

食事を終え、年賀状《ねんがじょう》をひとわたり読み、窓《まど》ぎわの椅子《いす》で新聞を読みはじめるころになると、いったんしりぞいたタバコへの欲求《よっきゅう》が、じわじわと攻《せ》めよせてきた。彼は何度も口ごもった末、ついに言った。

「なあ、昨夜はああ言ったが、一本ぐらいいいだろう」

「一本て、なんのこと。お酒……」

「いや、その、タバコのことさ」

「タバコですって……なによ、それ」

妻はふしぎな顔をした。

「たのむ。吸わせてくれ。きみは良妻《りょうさい》だし、拾った財布《さいふ》を夢にしてしまった落語の芝浜《しばはま》とかいう話にヒントを得て、おれのためを思ってしたことだろうがね。タバコを吸うことは罪ではない。決心がぐらついたのは情ないが、吸いたくてならない。出してくれ」

「あれば出すわよ。あたしも元日そうそう、うそはつきたくないわ。だけど、そのタバコとかいうのは、どんな物なの」

「いいかげん芝居《しばい》はやめてくれ。マッチで火をつけ、吸い、灰皿に捨《す》てる。灰皿までかくしては、来客のあった時に困《こま》るぞ」

「マッチはわかるけど、灰皿って……」

妻の表情を眺《なが》め、彼は首をかしげた。結婚《けっこん》して数年、かくしごとがあれば大体の察しがつく。しかし、いまの彼女《かのじょ》の態度は本心からのように見えた。

ケイ氏は新聞のはじをちぎり、まるめた。それを口にくわえ、台所からマッチを持ってきた。妻はふしぎそうに見つめていたが、彼《かれ》がそれに火をつけようとするにおよんで、叫《さけ》び声をあげた。

「どうしたのよ、そんな真似《まね》をして。やけどをするわ、危《あぶな》いじゃないの。気はたしかなの」

「それは、おれも言いたい言葉だ。本当にタバコを知らないのか」

「聞いたこともないわ。ロウソクのようなもの……それとも手品の道具……」

「いや、知らないのならいい」

ケイ氏は少し腹《はら》をたて、少し混乱《こんらん》して口をつぐんだ。どうもよくわからん。タバコでも吸《す》って気を落ち着け、よく考えてみたいところだが、いまや、そのタバコがないのだ。

彼はゲタをつっかけて、庭におりた。時どき吸殻《すいがら》を庭に投げ捨《す》てていたことを思い出したのだ。それをさがし出し、とりあえず吸うことにしよう。だが、かがみ込《こ》み、くまなく歩きまわったが、吸殻を一つも見つけることができなかった。

ケイ氏はついでに台所のほうにまわり、ゴミ箱のふたをあけてみた。しかし、そこにもタバコや灰皿《はいざら》はなかった。妻が捨てたのでもなさそうだった。

また、自分自身で捨てたものでもなさそうだ。ケイ氏はさっきから、もしかしたら、眠《ねむ》っているうちに夢遊《むゆう》状態でおきあがり、自己《じこ》の決意の命令に従《したが》って、タバコや灰皿を始末したのではないか、とも考えていたのだ。しかし、これではその仮定も捨てなければならない。彼は庭にもどって、またひとまわりした。ガラスのかけら一つ見つけることができないまま、あきらめてえんがわの椅子《いす》にもどった。

ケイ氏は仕方なく、また新聞をひろげた。いかにも正月らしい、おめでたい記事ばかりで、異常なニュースはべつになかった。彼は新聞をたたみ、目をつぶって居眠りでもしようと試みた。しかし、それも不可能だった。目をつぶると、紫《むらさき》の煙《けむり》をあげている白いタバコの幻《まぼろし》が、魅惑的《みわくてき》に浮《う》かび出てくる。人さし指と中指とのあいだが、むずむずした。

「よし、そのへんまで、ちょっと出かけてくる。タバコを買ってくる」

ケイ氏は勢いよく立ちあがった。

「タバコって、そのへんで売っているの……」

妻のけげんそうな声にかまわず、彼《かれ》はオーバーをひっかけ、通りへ出た。明るい和服の娘《むすめ》や、新しい服の青年たちが、のんびりと歩いている。べつに大事件がおこったわけでもなさそうだ。まあいい、タバコさえ買えれば、なにごとも丸くおさまる。いつもの、そこの店で……。

ケイ氏はあやうく悲鳴をあげそうになった。いつも買うタバコ屋がなくなっていたのだ。いや、店そのものはなくなっていなかった。元日だから、戸をしめて休んでいるのもわかる。しかし、きのうまであったタバコ屋を示す看板《かんばん》が消えているのだ。人みそかを期して廃業《はいぎょう》とは……。

だが、考えられないこととは言えない。借金がついに返済《へんさい》できず、店じまいをしたのかもしれない。ケイ氏は指でくちびるをこすりながら、少し先の駅まで足をのばすことにした。駅には売店がある。駅の売店なら元日も休まないことを知っていた。

その途中《とちゅう》、彼はまた顔をしかめた。もう一軒《けん》のタバコ屋も店じまいらしかったのだ。看板もなく、どこにもタバコの夕の字さえ書かれていない。

タバコ組合のストなのだろうか。利潤《りじゅん》を多くしてくれとか要求して。それなら、買いだめをしておけばよかった。しかし、すぐにおさまるだろう。消費者がだまってはいまい。こんなことを考えながら、ケイ氏は駅についた。

売店に近づき、金を出しながら彼は息をのみ、思わずあとずさりをした。タバコがない、タバコの箱が並《なら》べられていないのだ。

ケイ氏は少しはなれた所で立ちどまり、ひたいを手で押《おさ》えた。頭がおかしいのは妻ではなく自分のようだ。売店に寄《よ》ってタバコについて、くどくど説明したら、精神病院に連れて行かれる羽目になるかもしれない。しかし、それにしても、タバコが一夜にして消えてしまうとは……。

彼は横目で売店のようすを、そっと観察した。いまにだれかが文句をつけ、ひとさわぎ起こるにちがいない。その時、こっちも参加すればいいのだ。だが、しばらく待ったが、だれもかれも平穏《へいおん》のうちに売店に寄り、平穏のうちにはなれてゆく。

ケイ氏はあたりを見まわした。しかし、タバコを吸《す》っている者は一人もいなかった。また、いつもは通路におかれている、ぶかっこうな大きい灰皿《はいざら》もなくなっていた。なんということだ。彼《かれ》はタバコのことを思い、悲しくさえなってきた。

彼は自宅《じたく》へ帰ることにした。念のために別の道を通ってみたが、同じことだった。一軒《けん》のパチンコ屋が開いていたが、あまり期待をかけなかった。案の定、景品の棚《たな》にはタバコだけがなかった。

タバコを手に入れることを、あきらめなくてはならなそうだとは知ったが、吸いたいという欲求《よっきゅう》が消えたわけではなかった。かえって、その欲求が高まる一方だった。ケイ氏は歩きながら、きょろきょろと道の上に目を走らせた。どんな短い吸殻《すいがら》でもいい。ひとつまみのパイプタバコでもいい。しかし、残念なことになにもなかった。

「おかえりなさい。買えた……」

妻が出むかえたが、ケイ氏は、

「だめだ」

と、ふきげんな声で答え、自分の室にとじこもった。タバコを吸いたいという気分は、また一段《いちだん》と強くなっていた。エンピツをかんだぐらいでは、とてもごまかせなかった。ないから、なお吸いたいのかもしれない。彼は足ぶみをし、机《つくえ》をたたき、歯ぎしりをした。くりかえしているうちに、涙《なみだ》のために目がかすんできた。ケイ氏は手の甲《こう》で涙をぬぐった。

すると、机のはじにタバコの箱があらわれた。これは狂気《きょうき》の幻影《げんえい》だろうか。だが、手は心のためらいを物ともせず、それをつかみ、一本を口に運んでいた。そのそばにはマッチもあった。

ケイ氏はつづけざまに煙《けむり》を吐《は》き、やっと人心地《ひとごこち》になれた。そして、床《ゆか》の上に見なれない薬びんがころがっているのに気がついた。それを拾いあげ、細かい活字を読んでいるうちに、昨夜一大決心とともに妻と一錠《じょう》ずつ飲んだ、この新薬のことを思い出してきた。

〈……タバコをおやめになりたいかたに、その一助にでもなればと研究した薬です。普《ふ》通《つう》の人がお飲みになると、タバコに関する記憶《きおく》を一切《いっさい》消してしまいます。また、ニコチン中毒者に対しては、記憶を消すことはできませんが、タバコに関する知覚《ちかく》を痲痺《まひ》させ、ちょうど色彩《しきさい》に対する色盲《しきもう》のごとき作用をもたらします。作用時間、ほぼ十二時間。薬がきれたら、つぎつぎと服用なさって、禁煙《きんえん》を達成して下さい……〉

ケイ氏はしばらく薬びんを見つめていたが、それをくずかごにほうりこんだ。そして、煙《けむり》を吐《は》きながら妻に声をかけた。

「おい、タバコがあったぞ」

彼女《かのじょ》は当り前のような口調で答えた。

「なによ、そんなことで大声をあげたりして」

泉《いずみ》

「ねえ、ちょっと。起きてよ」

男は妻にゆり起こされた。彼《かれ》が、都心ちかくに新しく建てられた、さほど大きくはないがスマートなビルの管理人として雇《やと》われ、その地階の一室に夫婦でねとまりするようになってから、何日目かの真夜中のことだった。

「どうしたんだ」

「いま、あたしがお便所から出ようとした時にね、だれかに背中《せなか》をぽんとたたかれたような気がしたのよ」

「泥棒《どろぼう》かな」

彼《かれ》は夜具から身を起こしながらつぶやいたが、泥棒《どろぼう》という言葉で、妻が悲鳴をあげそうに息を吸《す》い込《こ》むのを見て、それを打ち消した。

「いや、泥棒じゃあないだろう。どんなやつだって、このビルの戸締《とじま》りを破って忍《しの》び込むことはできないよ。だが、いちおう見てこようか」

男はナイフを手に、廊下《ろうか》のつき当りにある便所にむかった。ビルの外を走る自動車の音が、かすかに伝わってくる以外、なんの物音もしなかった。妻は不安そうにそのあとに従《したが》った。彼はドアに近より、そっとあけてなかをのぞき込んだ。しかし、そこに人影《ひとかげ》はなかった。

人影はなかったが、おかしな物があった。

「きてごらん。へんなものがあるぞ」

彼は妻に声をかけた。白っぽいコンクリートの壁《かべ》から、右腕《みぎうで》が一本出ていたのだ。出ているというより、生えているといったかっこうだった。

「泥棒じゃないのね……」

79 泉

妻はほっとしたような声を出してかけより、彼《かれ》のうしろからのぞき込《こ》みながら、言った。

「あら。それは手じゃないの」

「うん。だが、いったいこれはどういう現象だい」

「ふしぎねえ。さっきはいった時には、こんなものはなかったような気がしたけど」

二人は壁《かべ》から生えている腕《うで》をしげしげと見つめた。それは生きているように血色がよかった。

「だれかがくっつけたのかしら」

地下室の外側から手を突《つ》っこむことなどできるはずはないから、だれかが取りつけた物とも思えた。だが、そのつけ根を調べてみると、とりつけた物ではなさそうだった。

「くっつけてあるのではなさそうだ」

彼はこう言いながら指先で突っついた。それに応じて、腕はぶらぶら揺《ゆ》れた。彼はナイフを手に持っていたのに気がつき、刃《は》の先でちょっとひっかいてみた。

「あら、血が出たわ」

「まったく生きているみたいだ」

彼はそれ以上、ナイフを使うのをやめた。二人はしばらくのあいだ、壁から生えている腕を、首をかしげながら見つめていた。

そのうち、腕はしだいに壁のなかに吸《す》い込まれ、消えた。時間が来たのでこれで失礼、といったような感じを与《あた》えた。彼はあわててその跡《あと》を手でなでたが、もう、そこはほかとかわらない、冷たいコンクリート壁だった。

「なくなっちゃったぜ」

「じゃあ、さっき背中《せなか》をたたかれたのは、この手がでてきた時だったのね」

二人はしばらく待っていたが、腕の出てくるようすはなかった。

しかし、そのうち彼らは、毎晩《まいばん》ある時刻《じこく》になると、その壁から腕がでてくることを知った。腕は彼らをつかんで、壁のなかにひっぱり込むといった、たちの悪いことはしなかった。友好的とは言い切れないが、少なくとも害を与えるようすはなく、いたって従《じゅう》順《じゅん》な存在《そんざい》だった。

「警察《けいさつ》にとどけましょうか」

「よせよ。べつに悪いことはしないじゃないか。警察に知らせたら、学者がやってきて持ってっちゃうぐらいがおちだ。それより、これで金をもうける方法を考えよう」

「そうね。だけどいい方法があるかしら」

「さあ。だが、当分だれにも言うなよ。ビルの所有者が、おれのものだなんて言い出すかもしれないからな」

何日かたつと、彼《かれ》は考えついた。

「いいことを思いついた」

「どんなこと」

「あの腕《うで》から血を取るのさ」

「血を取ってどうするの」

「血を買ってくれる会社があるらしい」

彼は腕から血を取り、びんに入れて、血液を買い入れる会社に持っていった。その会社では驚《おどろ》いたが、調べてみると人間の血にちがいなかった。人殺しじゃないかと疑《うたが》う者もあって、彼について警察に問い合せてみもしたが、殺人も誘拐《ゆうかい》もこのところまったくないとの返事だった。会社ではその血を買い入れることにきめた。もっとも、いくらか安くまけさせた。

男は採血《さいけつ》の器具を買い、毎晩《まいばん》、壁からあらわれる腕から血を集め、つぎの日に、ビルの仕事のあいまをみて会社にはこんだ。彼の注意することは、跡《あと》をつけられないように心がけることだけだった。しかし、跡をつけられたとしても、彼らの部屋にはべつに怪《あや》しまれるものはなかったし、また、真夜中、ビルのすべての戸を締《し》めてから行う作業を、気づかれるはずもなかった。

しだいに二人の貯金はふえた。

「この腕はあたしたちの恩人ね」

「ああ、こんなうまい話はめったにないだろう」

「この血はどこからくるのかしら」

「それはわからない。だが、へたに調べようとして壁《かべ》をこわし、腕《うで》がでてこなくなったら困《こま》るぜ」

そのうち二人はあることに気づいた。

「血がたくさんとれる時と、ほとんどとれない時とがあるのは、どういうわけだろう」

「あたしもこの間からそれを考えていたんだけど、交番のそばの立札の、赤い数字に関係があるようよ」

「交通事故の件数だな」

そして、それが一致《いっち》することをたしかめた。

「なるほど、交通事故で流れた血が、地面にしみ込《こ》んでここに集ってくるというわけか」

彼《かれ》は指で腕を突《つ》ついた。腕はうなずくように揺《ゆ》れた。

「どこを通ってくるのかしら」

「そんなことはどうだっていいじゃないか。電話局がどこにあるかを知らなくったって、電話はかけられる。貯水池の場所を知らなくても、蛇口《じゃぐち》をひねれば水は使えるのさ」

彼は壁の腕の指を一本つかんで、ひねってみた。だが、腕は痛《いた》がる様子を示さなかった。

二人の夜の作業は順調だったが、そのうち、ものたりなさを感じてきた。

「金のたまるのはいいが、これでは使うひまがない」

「もうやめましょうか。当分遊んで暮《くら》せるじゃないの」

「もったいない。もう少しためてからだ」

「もっと能率をあげる工夫はないものかしらね」

男はある日、その方法を考え出し、小型の真空ポンプを買ってきた。その夜、壁から腕の現れるのを待って、それにとりつけた。モーターは小さな音をたて、びんのなかに勢よく血を吸《す》い出しはじめた。

「すごい。ぐあいがいいぞ」

「だけど、この血は……」

妻の言おうとしたことに彼《かれ》も気がついた。

「そうだ、どこか近くで事故がおこるかもしれないぞ。ちょっと見てこよう」

彼はエレベーターを動かし、屋上に出た。屋上から見おろした深夜の街路は、人影《ひとかげ》が絶え、事故のおこりそうなけはいはなかった。

「おかしいな。なにかおこるはずだが」

彼は少し身をのり出した。

「まてよ」

しかし、気がついた時はもうおそかった。彼が背中《せなか》を押《お》されたような気がしたのをふしぎに思った時は、四階あたりを落ちて行く途中《とちゅう》だった。彼は妻の名を叫《さけ》び、手は虚空《こくう》をつかんでいた。

妻は装置《そうち》のそばで、勢を増して流れつづける血を眺《なが》めていた。それは洋服の生地《きじ》、帯、宝石《ほうせき》、ブドウ酒の流れのようにも見えた。ポンプの低い音のリズムは、ナイトクラブのボンゴの響《ひび》きのようにも聞こえた。彼女《かのじょ》はうっとりして目をつぶった。そして、彼女は手くびを握《にぎ》られたのを感じた。

「あなた、事故はどうだった。ほらこんなにたまったわ。あたしたち幸福ねえ」

その声に応じて、握る手には力が加わってきた。彼女はうれしさで気の遠くなるようなめまいをおぼえ、倒《たお》れた。

時間が来たのか、腕《うで》は壁《かべ》のなかに消えていった。真空ポンプと、からだじゅうの血を失った死体と、そして、赤い液体をいっぱいにたたえた、大きなびんをそこに残して……。

美の神

さっきまで小さな点にすぎなかった宇宙船《うちゅうせん》の前方の星が、しだいに大きく迫《せま》ってきた。べつに奇妙《きみょう》な特徴《とくちょう》を持つ星ではなかった。だから、その上であんな奇妙なものを発見することになろうとは、この時には、私《わたし》ばかりでなく、だれひとり思ってもみなかったのだ。

私は考古学者。この探検《たんけん》旅行の一員として参加していた。

「艇長《ていちょう》。目的の星が接近しました。着陸に移ってよろしいでしょうか」

操縦士《そうじゅうし》がおどおどした声で言ったとたん、ガラスの割《わ》れるような声が船内に爆発《ばくはつ》した。

「まて。なにを言う。きさまは軽率《けいそつ》なやつだ。そんなことで、よく操縦士がつとまるな」

鬼艇長《おにていちょう》の声だった。鬼艇長というのは、もちろんあだ名である。その由来《ゆらい》の一つは、がみがみ声ですぐ当りちらす性格にある。そしてもう一つは、このほうが重大なのだが、すごい顔つきの持ち主なのだ。

つぶれたような鼻、厚いくちびる、つりあがった眉《まゆ》、あぶらぎった皮膚《ひふ》、残忍《ざんにん》そうな目つき。およそいい点は一つもなかった。そして、あの声と、これらにふさわしい性格。あだな名は鬼艇長としかつけようがない。

「はい。どうしたらよろしいのでしょう」

操縦士がもう一度おどおどし、ガラスの割れるような音がもう一度おこった。

「未知の惑星《わくせい》にすぐ着陸しては危険《きけん》ではないか。まず一周し、安全を見きわめてからだ。これぐらいのことが、わからないのか」

宇宙船は大きくカーブを切り、その惑星も窓《まど》のそとで位置をかえた。

私は窓から目をはなし、壁《かべ》のスクリーンを眺《なが》めた。そこには望遠鏡のとらえた地上が、

大きく拡大《かくだい》されて映《うつ》し出されていて、窓《まど》から眺《なが》めるより、はるかに鮮明《せんめい》に見えるのだ。

惑星《わくせい》の周囲をロケットがまわりはじめるにつれ、スクリーンの上では美しい草原が展《てん》開《かい》しはじめた。色とりどりの植物が、地上の大部分をおおいつくしている。

たしかにそれは植物なのだろう。地面からはえ、茎《くき》と葉を持っている。だが、その色は地球のとちがって、色とりどりだった。黄色っぽいもの、黒ずんだもの、赤っぽいもの。だが、緑色のはなかった。太陽光線がちがうと、このような現象がおこるらしいが、やはり植物は植物なのだ。

「植物ばかりで、動くものはないようだな」

私《わたし》がこうつぶやいたのを聞きつけ、鬼艇長《おにていちょう》がいやがらせを言った。

「となると、考古学者など、つれてくる必要はなかったな」

私は彼《かれ》の部下でないから、どなられることはない。だが、このようにいやみを言われる。私は口をつぐんだ。こんな時には、よけいなことを言わないほうがいい。

スクリーンの上では、美しいが単調な眺めが流れていた。緑の染料《せんりょう》のない地方で作られた、じゅうたんを見ているような気分だった。

その時。そのじゅうたんの上に落ちた白い紙くずのようなものがあらわれた。私《わたし》はそれを指さし、鬼艇長《おにていちょう》に皮肉をこめて言いかえすことができた。

「しかし、こんな物がありますよ」

「なんだ、それが。ただの白っぽい石にすぎないだろう」

「そうでしょうか。形を見て下さい。六角形をしています。しかも、正六角形を」

みなはそれを見つめた。正確な正六角形をしていて、植物が作りあげたものと思えなかった。人工的のものらしいが、そのまわりにも、なにも動く物はなかった。私は鬼艇長にこうたのんだ。

「あの近くに着陸して下さい」

彼は歯ぎしりのような音とともに、命令を伝えた。

「よし。着陸に移れ」

宇宙船《うちゅうせん》は高度をさげはじめた。やがて、尾部から噴射《ふんしゃ》する炎《ほのお》は、草原を丸く焼きはらい、その焼けあとの地上に着陸をおえた。

「あ、あんな物が」

「なにかの遺跡《いせき》のようだ」

乗員たちは窓《まど》のそと、焼けた草のくすぶる煙《けむり》のむこうに、六角形のものをまぢかに見て、口々に驚《おどろ》きの声をあげ、目を離《はな》そうともしなかった。

それは石で作られ、どことなく宗教的《しゅうきょうてき》なにおいのする形だった。エジプトや中米マヤの古代ピラミッド、スフィンクス、東南アジアの仏教《ぶっきょう》の塔《とう》、ギリシャの神殿《しんでん》。このようなものと、どこか共通する感じを持っていた。

「すると、住民がいるのでしょうか」

乗員の一人が聞いたので、私は答えた。

「いや、あれを作った住民はすでに絶滅《ぜつめつ》したのでしょう。あまりに荒《あ》れはてています」

赤っぽい葉のツタのような植物が、その石の上にからみついている。それに、上から眺《なが》めた時と変りなく、あたりに動く物の影《かげ》ひとつなかった。

「よし。まず、あれの調査にむかう」

鬼艇長《おにていちょう》は住民のいそうもないのに安心してか、こう命令した。もっとも、住民や怪物《かいぶつ》がいたところで、ひるむような男ではない。

大気はいくらか酸素が多すぎるようだったが、宇宙服《うちゅうふく》をつける必要はなかった。私《わたし》たち一行は、色とりどりの草原の上を歩き、目標にむかった。地上には昆虫《こんちゅう》のようなものがうごき、また、土に埋《う》まりかけた土台石のようなものもあった。だが、みなの心は前方の存在《そんざい》にひきつけられていた。

近づくにつれ、細部までわかるようになってきた。六角形の床《ゆか》のうえに、六角形の屋根をつけ、そのまわりを壁《かべ》でかこんだようなものだった。

「なんだと思う。これは」

鬼艇長が聞き、私は答えた。

「どの惑星《わくせい》でも、文明の発達の初期には、このような宗教的《しゅうきょうてき》な建物を作るものです。これもそうでしょう。だが、この星では、その時期に滅亡《めつぼう》してしまったと思われます」

「どれくらい昔なのだ」

建物についたので、私は年代分析装置《ぶんせきそうち》をその材質の石に当てた。風化の状態が測定された。

「ごく大ざっぱですが、地球の時間になおし、数万年の昔といったところでしょう。くわしくは内部に入ってみないことには、なにも言えません」

一行は周囲をまわり、入口らしき穴《あな》をみつけた。内部は薄暗《うすぐら》く、隊員の一人は照明をつけて、おそるおそる先に立った。だが、まもなく悲鳴をあげた。

「こ、これを見て下さい。こんな物が……」

つづいて入った私たちは、床の上にあった一つの白骨《はっこつ》を見た。私はそれに近より、

「建物の遺跡《いせき》があるのですから、住民の骨《ほね》があってもふしぎではありません。あとで標本として持って帰りましょう」

と言った。そして、また分析装置を当て、

「絶滅《ぜつめつ》は一万年ほど前のようです。しかし、これでここの住民も地球人と大差ない体格

をしていたことがわかりました」

と説明した。すると、だれかがこう言った。

「どんな顔つきをしてたのでしょうか」

「そこまではなんとも……。おや、その壁《かべ》に絵がある。照明を当ててくれ」

私《わたし》は内側の壁に絵の彫《ほ》られているのを見つけた。かつての住民たちは美術的な才能があったらしく、いくつかの人物が白っぽい石に上手に彫刻《ちょうこく》されてあった。

「どうも、美しいのと、そうでないのとがあったようだ」

壁のいくつかの男女の姿《すがた》は、はっきりその二種に分けられる。鬼艇長《おにていちょう》はこれを聞いていやな顔になり、部屋の中央、つまり六角形のまんなかあたりにある、人の背《せ》たけぐらいの六角の柱に近よっていった。そこで、こうどなっていた。

「おい、考古学者。これはなんだ」

「待って下さい。壁の彫刻をもっと調べてみなければ、判断のつけようがありません……」

私は壁に彫られている物をひとわたり調べた。幸い、文字などというやっかいなものを発明していなかったらしく、図解的なものだったので、大体のことを知ることができた。そこで、鬼艇長にこう答えた。

「早くいえば、まあ、美容院《びよういん》といった場所です、この建物は」

「なんだと。この柱一本のがらんとした建物がか。いいかげんなことを言うな」

「ほんとです。地球のそれのように、化粧品《けしょうひん》をぬりたくる方法でなく、宗教的《しゅうきょうてき》な方法によってです。さっきの二種の顔は、みにくいのが美しくなることを意味しているのでした」

「そんなことがあるものか」

「効果がないものなら、いくら未開人でも、こんな建物を作りはしません。その六角の柱は、美を支配する神のご神体です」

「考古学者でも、学者のはしくれだろう。ちゃんとした説明をしたらどうだ。とても信じられん」

「そこですよ。みなが信ずる能力を失った地球上では、そんなことはもはや起りません。だが、みなが信じれば、その宗教的《しゅうきょうてき》な力は発生し得るのです。信仰心《しんこうしん》のないところからは、神だって逃《に》げ出したくもなるでしょう。しかし、みんなに信仰され、ちやほやされれば、神もまんざら悪い気持ちでなく、ご利益《りやく》を与《あた》えてやる気になるものです。地球上の古代の記録にも、そういった事柄《ことがら》が残っています」

「ふん、この柱がね」

鬼艇長《おにていちょう》の言葉は少しおとなしくなった。彼《かれ》はその水晶《すいしょう》のような形の石の柱をにらむように見つめていた。だが、私《わたし》は壁《かべ》の彫刻《ちょうこく》をたどるほうに熱中した。

「その柱にむかって頭をさげ、心のなかで美しくしてくれるよう念じると、たちどころに、その願いが達せられる……」

と、つぶやきながら、私は壁の彫刻を順序よくカメラにおさめていた。その時、隊員たちのざわめきがおこった。

「艇長。どうなさいました」

私がふりむいてみると、鬼艇長は柱にむかって、ひざまずいていた。みながかけよると、鬼艇長の答がうす暗いなかでした。

「いや。ちょっと試してみただけだよ。心配させてすまなかった」

その声は、いつもの鬼艇長のものとはちがっていた。上品で、やさしい、澄《す》んだ声だった。隊員の一人は照明をうごかし、艇長のこっちをむいた顔に当てた。

みなは目をみはった。たしかに美の神の力は存在《そんざい》したのだ。高く形のいい鼻。すっきりした眉《まゆ》。まっ白く並《なら》んだ歯。知的な瞳《ひとみ》。信じられないような変り方だった。壁の彫刻そのままで、たしかに、この惑星《わくせい》に存在する美の神の力にほかならなかった。

しかし、あくまでこの惑星の美の神で、地球上の神ではなかった。なぜなら、肌《はだ》の色が目のさめるような、あざやかな緑……。

ひとりじめ

なにげなく時計をのぞくと、ずいぶんおそい時間だった。

小さなバーを出て、自動車を駐車《ちゅうしゃ》しておいたほうに歩きかけ、おれは不意に足をとめた。夜ふけの道は人通りが絶《た》え、少し先の街灯の光が、あたりを静かに青白く照らしている。その街灯の下に立っている、ひとりの人影《ひとかげ》に気がついたのだ。

はっきりとはわからないが、どうも、やつのように思えた。

「なんで今ごろ、こんな所に。しかし、なるべくなら、このまま会わずにすませたいものだ……」

おれはこうつぶやき、そしらぬ顔でむきを変え、反対の方角にしばらく歩いた。そして、細い横丁を見つけ、そこに身をひそめた。

やつは感づいたろうか。いや、むこうは明るく、こっちは暗がりだったから、おそらく大丈夫《だいじょうぶ》だったろう。

おれがやつを避《さ》けるのは、やつが警官《けいかん》や刑事《けいじ》だからではない。やつは相棒《あいぼう》なのだ。いや、かつて相棒だった、といったほうがいい。

しばらくまえに、おれはやつと組んで、悪事を働いた。悪事といっても、こそ泥《どろ》のようなけちな仕事ではなく、また金庫破りといった、つかまる危険性《きけんせい》の多い仕事でもなかった。もっと手ぎわのいい、それで大金を手に入れることのできる計画を立てた。

ねらいは、山奥《やまおく》のダム工事の給料。ハイウェイをはずれ、山道を三十分ほど行った地点を、待伏《まちぶ》せの場所にえらんだ。自動車を林のなかにかくし、おれたちは日の暮《く》れるのを待った。やがて、あらかじめ調べておいた通り、給料を運ぶ車が通りかかった。そして、道にまいておいたクギによって、四つのタイヤがパンクし、がたがた音をたてて停車した。

こうしておけば、追いかけてくることもできないし、事件を告げるにも時間がかかる。近くには人家はないし、あったところで電話がひいていない。ゆうゆうと引きあげることができるのだ。

車にかけ寄ってドアをあけ、おれたちは刃物《はもの》をつきつけた。運転手ともう一人の男は、驚《おどろ》きと恐怖《きょうふ》で、手向いをしようとしなかった。言われるままに、現金の入った鞄《かばん》を差し出してくれた。おれは鞄を受け取り、相棒《あいぼう》に合図をして、引きあげかけた。

ここまでは、なにもかも計画どおりに、うまくいった。しかし、一つだけ計算になかった事態がおこった。車のなかの男が、拳銃《けんじゅう》を用意していたことだ。うしろで、銃声《じゅうせい》がつづけざまに鳴り、おれたちは駆《か》け出した。だが、まもなく相棒は道ばたに倒《たお》れた。どこかに、一発くらったのだろう。一瞬《いっしゅん》、おれは足をとめたが、どうしようもなかった。

やつを介抱《かいほう》していては、追いつかれてしまう。相手と戦おうにも、拳銃に対抗《たいこう》できる武器を持っていない。

おれはふたたび駆け出し、林のなかの車に戻《もど》り、全速力を出しつづけて、街にたどりつくことができた。もちろん、相棒がつかまったか、逃げおおせたかは気になることだった。しかし、それもいつまでも気にはしなかった。あの場合、ほかに方法がなかったことだし、また、収穫《しゅうかく》のひとりじめというのも、まんざら悪くない気持ちのものだ。

その時の相棒らしく思えたのだ、さっきの人影《ひとかげ》が……。

もういなくなったころだろう。おれはそっと首を出し、通りをのぞきかけて、

「あっ」

と、叫《さけ》びをあげた。やつは目の前に来ていた。そして、近くでみると、その時の相棒にちがいなかった。また、話しかけてきた声も。

「兄貴《あにき》。こんな所で、なにをしているんだ」

答えなければならなかった。

「自動車で帰るから、少し酔《よ》いをさまそうとして、立っていたのだ。……それはそうと、

おまえもよく無事だったな。どうなったかと、心配していたぜ」

おれがなつかしそうに言うと、やつは答えた。

「ああ、なんとか切り抜《ぬ》けることができたよ。この通りだ」

「それはよかった。おまえがつかまり、おいて逃《に》げたおれを、うらんでいるのではないかと、気になっていた」

「うらみはしないよ。おれたちは相棒《あいぼう》だものな」

おれは少し安心し、タバコをくわえた。やつにも一本すすめたが、やつは首を振《ふ》って断わった。おれは煙《けむり》を吐《は》きながら、やつが倒《たお》れた時のことを聞いてみた。

「あの時、弾丸《たま》をくらったのか」

「ああ、やられたよ。だが、つかまりたくはない。力を振りしぼって、林のなかに逃げこんだ」

「それから、どう逃げた」

「あの近くの山腹《さんぷく》に、ほら穴《あな》のあったことを思い出した。そこへたどりつき、かくれた

105　ひとりじめ

というわけさ」

「あのほら穴《あな》か。計画にとりかかる前に、あのへんの地理を調べた時、そのほら穴の話は聞いた。村人たちは、呪《のろ》いのかかった穴だとか、幽霊《ゆうれい》が出るとかいって、近よらないとかいううわさだった」

「そこがつけ目さ。あの次の日、さわぎを知った村人たちが集って、山狩《やまが》りをはじめたようすだったが、穴のなかまでは入ってこなかった。もっとも、穴の近くまで来て、話し声が聞こえた時には、はらはらしたがね」

おれは、やつが逃《に》げおおせた理由を知ることができた。あのほら穴にかくれたとは、いい考えだ。おれはうなずきながら聞いた。

「それはよかった。で、幽霊かなにか出たかい」

やつは笑った。

「幽霊は出なかったが、いやに陰気《いんき》な空気がこもっていた。しかし呪いの穴かもしれないが、おれにとっては幸運の穴だった。おかげで、見つからないですんだし、傷《きず》の痛《いた》みも、意外に早くおさまった」

おれも、やつにあわせて笑った。

「そうだったのか」

「ああ。そんなわけで、やっと街に帰ってくることができた」

「それにしても、よく警戒網《けいかいもう》を突破《とっぱ》できたな。金が盗《ぬす》まれたままなのだから、捜査《そうさ》の手もゆるんではいないだろうに」

「それも、幸運のおかげだろう……。しかし、これからしばらくは、兄貴《あにき》にめんどうを見てもらわなければならないんだが……」

と、やつは心配そうに言い、おれはうなずかなければならなかった。

「いいとも。おまえとはいつまでも相棒《あいぼう》だ。見捨《みす》てはしないぜ。それに、あの分け前を渡《わた》さなければならない」

「たのむよ、兄貴。そう言ってくれるのも、相棒なればこそだ」

やつはうれしそうな表情を浮《うか》べた。

「だが、いつまでも、こんな所に立っているわけにもいくまい。おれの家へこいよ。食べ物もあるし、薬もある。傷《きず》の手当も完全にしておいたほうがいいだろう」

「そうするかな」

「じゃあ、ここで待っていてくれ。いま、車を持ってくるから」

おれはやつにそう言い、駐車《ちゅうしゃ》してある所に行った。エンジンをかけながら、あらためて考えてみた。

まさか、やつが戻《もど》ってくるとは思わなかった。本来なら、喜んでやらなければならないことだ。あれからすぐならば、あるいは本心から喜べたかもしれない。

しかし、日がたち、奪《うば》った金を握《にぎ》りつづけた今となっては、そうも言えない心境になってしまった。

やつの出現は、おれの取り分がそれだけ少なくなることを意味する。半分になってしまうのだ。あの金が全部あれば、ここ当分はなにもしなくても、遊んで暮《くら》せる。つまり、当分は相棒《あいぼう》もいらないのだ。

おれは車を走らせ、やつの待っている所へ戻ってきた。やつは道ばたで、ぼんやりと立っていた。

おれは、ブレーキをかけるかわりに、速力をあげ、車体をやつにむけた。

そして、そのまま速力を落すこともなく、ふりかえろうともせず、自分の家に帰りついた。

部屋にとじこもったおれは、ウイスキーを何杯《なんばい》か飲み、気分を落ち着かせようとした。考えれば、気の毒なことをしたことになる。だが、おれは金をひとりじめしたいのだし、相棒が残っているということは、それだけ発覚しやすいわけでもある。

その時。ドアのそとに声を聞いたような気がした。

「兄貴《あにき》……」

やつの声のようだった。だが、そんなことはありえない。たしかにさっき、ひき殺したはずだ。

気のせいだろうと思い、おれはウイスキーをさらに飲み、それでも、黙《だま》ったままドアをみつめた。

そのドアの上に、服のボタンのようなものがあらわれた。あれはなんなのだろう。酒を飲みすぎたための、幻覚《げんかく》なのだろうか。おれはグラスを手にしたまま、それから目を離《はな》すことができなかった。

だが、すぐにそれが、幻覚でないことがはっきりした。ボタンにつづいて、服が、ネクタイがあらわれ、そして、やつがあらわれた。ドアをつき抜《ぬ》けて入ってきたのだ。

おれは事態についての、だいたいの想像がついてきた。やつが警戒網《けいかいもう》を突破《とっぱ》できたわけも、自動車でひいたとき意外に手ごたえがなかったわけも、また、呪《のろ》いの穴《あな》の働きについても。

部屋の照明はあかるかったが、やつは、さっき街灯の下で見たときと同じ青白い顔で、おれのそばに立ち、青白い声で話しかけてきた。

「なあ、兄貴《あにき》。おれたちはいつまでも、相棒《あいぼう》なんだろう……」

奇妙《きみょう》な社員

求人難《きゅうじんなん》の時代でもあり、それに、私《わたし》の経営するゼッド商会は中小企業《きぎょう》なので、あまりぜいたくを口にできるわけがなかった。そのため、職業安定所で聞いてきたと言って現れた、山崎和彦《やまさきかずひこ》という青年を、社員にやとわざるをえなかった。

彼《かれ》は三十歳《さい》で独身《どくしん》、なかなかの美男子だった。

私はひとめ見て、顔をしかめた。こんな青年がまじめであるのは、映画《えいが》のなかでしか起りえないことだ。

しかし、その予想はいいほうに裏切《うらぎ》られた。山崎ははなはだ優秀《ゆうしゅう》だったのだ。与《あた》えた仕事は、書類の整理だったが、正確にやりとげる。命令には従順《じゅうじゅん》で、不平ひとつ言わない。それでいて、質問をすると適切な案を答えてくれる。

もっとも、おとなしい性格なのか、自分から積極的に発言することはない。ようすをうかがってみたが、女の子に電話をかけたりはせず、かかってくることもなかった。こうそろっては薄気味《うすきみ》わるいほどで、いま流行の産業スパイかとも思えた。だが、考えてみると、わがゼッド商会に、盗《ぬす》まれて困《こま》るほどの秘密《ひみつ》はなかった。

彼《かれ》をねぎらう意味で、会社の帰りがけに、ある日、

「酒でも飲まないか」

と、声をかけたこともあったが、その答は、

「ぼくは飲みません。早く帰宅《きたく》します」

まさに、文句のつけようのない社員だ。もっとも、まったくないわけではなかった。採用してしばらくすると、山崎《やまさき》は長い休暇《きゅうか》を取ったのだ。

やっと出社してきたので、ほっとしていると、またも申し出てきた。

「社長。あすから当分、休ませていただきます」

私《わたし》は言った。

「またかね。きみの仕事ぶりは立派《りっぱ》だし、そのわりに、わが社の給料の安いのはみとめる。しかし、そう休まれては困《こま》るな」

「でも、ぼくのほうにも、つごうがあるのです」

「見たところ、きみは健康そうだ。だが、外見ではわからない、なにか病気でもあるのかね。このあいだも、ずいぶん休んだではないか」

「いいえ。おかげさまで、ぼくは健康そのものです」

「病気でないとすると、いったい、問題点はなんなのだね」

彼はためらったあげく、小声で答えた。

「別荘《べっそう》です」

「え、別荘だって。……まさか、刑務所《けいむしょ》のことでは……」

と、私は意外な答にとまどった。山崎は二重人格かなにかで、時どき軽犯罪的な事件をおこし、引っぱられているのだろうか。しかし、彼はふしぎそうに聞きかえしてきた。

「刑務所《けいむしょ》のことを、別荘《べっそう》とも言うとは知りませんでした。なぜです」

「それは、つまり、静かにからだを休め、つぎの仕事の構想をねる場所だからだろう」

「そういえば、なにか共通点があるようですね。気のきいた愛称《あいしょう》です。しかし、ぼくの言う別荘は、本物の別荘です。犯罪とは関係ありません。ぼくの別荘です」

「そうだったのか。きみが別荘を持っているとは知らなかった」

「はい。ときどき別荘生活をしないと、息がつまってしまいます。からだのためばかりでなく、頭のためにも必要なことです」

「いいだろう、休暇《きゅうか》を楽しむ権利《けんり》は、だれにでもある。早く戻《もど》ってきてくれ」

私《わたし》はあまり、強いことは言えなかった。しかりつけてやめられてしまうには、惜《お》しい社員だ。

山崎《やまさき》は休み、なかなか出社してこなかった。私は彼《かれ》の家を訪《おとず》れてみることにした。相談したい事項《じこう》もあったし、いくらかの好奇心《こうきしん》もあった。

別荘を持っているとは豪勢《ごうせい》だ。親ゆずりの財産《ざいさん》でもあるのだろうか。たいした労働でもないのに、息がつまるなどとは、大げさすぎる。お坊《ぼっ》ちゃん育ちにちがいない。しかし、さがしあてた彼の住居は、大邸宅《だいていたく》などではなかった。反対に、ごく普通《ふつう》のアパートの一室。

私《わたし》は思わず、つぶやいた。

「いまの若《わか》い連中のやることとは、見当がつかない。こんなところに住みながら、別荘《べっそう》を持つとは。もっとも、食うや食わずで高級カメラを買ったり、さらには自動車を買う者もいるのだから、その進んだ現象といえば、それまでだが……」

ドアのベルを押《お》したが、反応はなかった。留守《るす》らしい。そこで、アパートの管理人に聞いてみた。

「山崎《やまさき》さんは、どこへお出かけでしょう」

「じつは、しゃべらないでくれとたのまれていますので……」

「わたしは社長です。急な用事ができました」

と、私は名刺《めいし》を出し、金を握《にぎ》らせ、やっと行先きを聞き出すことができた。それは温《おん》泉《せん》のある、近ごろ発展《はってん》いちじるしい有名な保養地だった。いささか、うらやましくなる。私はついでに、管理人に質問した。

「わが社に彼《かれ》が入社したのは最近なのですが、その前はなにをしていたか、ご存知《ぞんじ》でしょうか」

「さあ。よくは知りませんが、ありふれた会社につとめていたようです。しかし、別荘生活のことで、くびにされたとか言っていました」

もっともな話だ。いかに優秀《ゆうしゅう》な社員でも、おおはばに休まれて別荘ぐらしをされたら、かっとなる社長もいるだろう。私のように寛大《かんだい》な社長ばかりとは限らない。

山崎に関する私の興味はさらに高まり、つぎの日曜を利用し、出かけてみることにした。

国鉄で二時間ほど、海ぞいの空気のいい土地だった。私は駅を出て、まず役場に寄《よ》って聞いた、

「山崎さんの別荘はどこでしょう」

係は首をかしげて、

「そんな人の住んでいる別荘《べっそう》はありませんよ」

「いや、たしかにあるはずです。山崎和彦《やまさきかずひこ》という男です」

と、彼の名のほうもあげると、係はうなずいた。

「あ、それでしたら、あのダブリュー観光会社に行ってごらんなさい」

「なぜです」

「そこの経営者ですから」

「そうですか。しかし、人ちがいのようですね。わたしはうちの社員をさがしているのです」

だが、ほかに手がかりはなかったし、せっかく、ここまで来たのでもある。寄ってみることにした。

ダブリュー観光会社は、なかなか発展しているらしかった。温泉《おんせん》を掘《ほ》り、旅館をたて、別荘地を分譲《ぶんじょう》し、展望台《てんぼうだい》も建設中のようだ。山崎はこの一族なのだろうか。だが、それならなにも、私《わたし》の会社につとめる必要はないはずだ。

受付の女の子では、要領をえなかった。やがて、秘書《ひしょ》という四十ぐらいの男があらわれ、私に言った。

「どんなご用件ですか」

「山崎和彦さんがおいででしたら、お会いしようと思って……」

「忙《いそが》しくてむりです。いまは県庁《けんちょう》との折衝中《せっしょうちゅう》です。つづいて銀行、夜は建築会社の招待《しょうたい》で、ひまがありません」

「なんで、そう忙しいのですか」

「なぜって、観光会社の社長ですから、仕方ありません」

「どうも、かんちがいをしていたようです。わたしの会いたいのは、三十ぐらいの、ちょっと美男子の青年ですから」

と私があやまると、相手は答えた。

「それでしたら、うちの若社長《わかしゃちょう》にちがいありません。時流に乗ったせいもありますが、なかなかのやり手で、親ゆずりの事業を何倍にもひろげています」

「そんなはずは……」

さらに特徴《とくちょう》を説明し、兄弟ではないかとも聞いてみた。

だが、兄弟はないそうだし、わが社の山崎《やまさき》社員にまちがいないようだ。

まるでわけがわからなくなった。休暇《きゅうか》をとって、こんな大事業を経営するとは。聞きたいことはたくさんあったが、なにからはじめたものか迷《まよ》った。

「……ところで、社長さんは毎日、休むことなくお仕事ですか」

「いえ。それでは、からだが持ちません。時どき休暇をとり、むりをしてでも、息抜《いきぬ》きをなさいます」

「休みの日には、どんなことを……」

「さあ。休暇を楽しむのは個人の権利《けんり》だとかで、あまりくわしい事はお話しになりません。どこかの別荘《べっそう》にお出かけのようです。この土地ではありませんよ。ここでは、仕事が追いかけ、宴会《えんかい》が追いかけ、女性が追いかけ、少しも休みになりません」

「なにをして、休日をすごすのでしょうか」

「よくは存《ぞん》じませんが、お話によると、朝は早く起き、夜は早く寝《ね》られる。酒は飲まなくてすみ、女の子に悩《なや》まされることもない。適当にからだを動かし、頭はほとんど使わないですむ、規則正しい生活のようです」

「なるほど」

「ふたたび出社なさると、元気にみちて、もりもり能率をおあげになります。新しい仕事の構想がわいているのです。どこなのでしょうか、そのすばらしい別荘は……」

「ああ、それなら……」

あのアパートのことだ、という言葉は私《わたし》の口から出なかった。かわりにため息がでた。

こんど戻《もど》ったら、山崎社員をくびにすることにしよう。

いくら優秀《ゆうしゅう》な社員でも、また、いくら私が寛大《かんだい》でも、別荘生活の気分で楽しく出社してこられては、がまんができない。

古代の秘法《ひほう》

「さあ、みなさん。大いに飲んだり食べたりして下さい。いくらでも用意してあります。そして、のちほど、すばらしいことの発表をいたします。その前祝いというわけです」

とアール氏がいった。ここは彼《かれ》の大邸宅《だいていたく》。各界の多数の人びとが招待《しょうたい》され、パーティーが開かれたのだ。彼は大きな景気のいい食品会社の経営者だった。したがって、費用も惜《お》しみなく使い、そろえられた料理は、どれもこれも最高級の味で、食欲《しょくよく》をそそるものばかりだった。

来客の一人が、お礼のあいさつを兼《か》ねて質問した。

「こんなにも豪華《ごうか》な会によんで下さって、ありがとうございます。お言葉に甘《あま》えて、たくさん食べさせていただきます。ところで、どんなすばらしいことなのでしょうか」

ふとったからだのアール氏は、にこやかに話しはじめた。

「わが社は驚異的《きょういてき》ともいえる発展《はってん》をしております。これというのも、みなさまがたが、わが社の製品を大量に召《め》しあがって下さるからです。しかし、金をもうける一方というのが方針《ほうしん》ではありません。利益の一部をもって社会に奉仕《ほうし》しようと考え、南方の奥地《おくち》にむけて学術探検隊《たんけんたい》を派遣《はけん》する資金を出しました」

「そうでしたか。たいへん結構な精神ですし、学術探検も意義のあることといえましょう。しかし、社会への奉仕《ほうし》と南方の奥地とでは、かけはなれているようにも思えます。どこでどう結びつくのですか」

「そこです。じつは伝説によると、その地方には古代において、たいへん長命な種族が住んでいたそうです。できるものなら真相を調査し、その秘法《ひほう》を発見したいと考えたわけです」

長生きの秘法という言葉で、来客たちは目を輝《かがや》かせ、みないっせいにうなずいた。

「なるほど。そんな計画を進めていらっしゃったとは、少しも知りませんでした」

「不意に発表して、みなさまを驚《おどろ》かせようと思い、いままで内密《ないみつ》にしていたのです。探検隊《たんけんたい》はジャングルを抜《ぬ》け、猛獣《もうじゅう》と戦い、急流を渡《わた》り、けわしいがけを越《こ》え、種々の危険《きけん》に出会いました。しかし、装備《そうび》が優秀《ゆうしゅう》であったため、ぶじに切り抜《ぬ》けることができました。わが社からの資金の応援《おうえん》が、充分《じゅうぶん》だったからなのです」

アール氏はPRをつけ加えることも忘れなかった。だが、お客たちのほうは身を乗り出し、その話の先を聞きたがった。

「それで、どうなったのです」

「そしてついに、その古代の住民たちの遺跡《いせき》を発見しました。相当な文明を持っていたらしく、石で造られた住居です。幸運なことには、そこで目的のものをさがしあてたのです。壁《かべ》のひとつに絵や文字が書いてありました。絵から判断すると、長命の秘法《ひほう》を記したものにまちがいありません」

この報告で、あたりは歓声《かんせい》にみちた。

「本当としたら、なんとすばらしいことでしょう」

「わたしも満足です」

うれしそうに笑うアール氏に、来客たちは気がかりそうな口調で聞いた。

「現代の夢ともいうべき収穫《しゅうかく》ですが、それは公表して下さるのでしょうね」

「もちろんですとも。発表いたします。人類のあこがれである長命の秘法《ひほう》です。個人が秘密《ひみつ》に独占《どくせん》すべきことではありません。みなさま全部に長生きしていただき、人生を楽しんでいただく。これはすなわち、わが社の製品をそれだけ大量に愛用していただけることにもなります。まさに、社会と事業との共存共栄《きょうそんきょうえい》といえましょう」

アール氏はとくいげにいった。みなは一刻《いっこく》も早くそれを知りたがった。

「では、すぐに公表して下さい」

「もうしばらくお待ち下さい。探検隊《たんけんたい》はその壁面《へきめん》の写真をとってきました。しかし、古代の失われた文字です。すぐには読めません。そこで、その方面の専門の学者に、解読《かいどく》の研究を依頼《いらい》したのです。そして、さきほど、やっと成功した、という電話がありました。その学者は、まもなくここにみえるはずです。わたしもみなさまとともに、その発表に接することにしたいと思います。それまで、遠慮《えんりょ》なく召《め》し上りながらお待ち下さい」

みなは歓声《かんせい》を高め、乾杯《かんぱい》をしあい、料理を味った。夜もふけ、時間もおそくなったが、だれひとり帰ろうとしなかった。その偉大《いだい》な瞬間《しゅんかん》にいあわせたい気分は、だれも同じだったのだ。

やがて、学者が到着《とうちゃく》した。アール氏は紹介《しょうかい》の言葉をのべた。

「みなさん、お待たせしました。お静かに願います。解読に努力して下さった先生です。さあ、先生。この記念すべき、劇的《げきてき》な成果の発表をお願いいたします」

拍手《はくしゅ》がわき、立ちこめるタバコの煙《けむり》は、それでゆれるように見えた。しかし、学者は口ごもった。

「それが、ちょっと気になる問題点がありまして……」

「どうなさったのです。長命の秘法ではなかったのですか」

「いや、長命の秘法《ひほう》であることにまちがいありません」

「それでは、複雑で実行困難《こんなん》だとでも」

「いや、きわめて簡単《かんたん》な方法です」

「それでしたら、遠慮《えんりょ》なさることはありません。社会のために発表し、人びとにひろめるべきでしょう。さあ」

うながされて、学者はやっと口を開いた。みなは耳をすませていた。

「では、わたしが解読した内容をお話しいたしましょう。現在の言葉に訳《やく》しますと、こうなるのです。早寝《はやね》早起き、そして腹八分《はらはちぶ》」

死の舞台《ぶたい》

明るさのみなぎっている、青い空。いくつかの小さな雲が、ゆっくりと遊んでいる。スモッグはお休みらしく、好ましい天候の日といえた。その空にむかって、都心ちかくにそびえている高層建築《こうそうけんちく》。近代的なデザインのホテルで、新しく白く、輝《かがや》いてでもいるようだ。これも好ましい眺《なが》めだった。そして、その屋上にいるひとりの女性。若《わか》く美しく、いくらかうれいを含《ふく》んだ表情で、これもまた、好ましい光景だった。

しかし、ひとつだけ、好ましくない点があった。彼女《かのじょ》の立っている場所だ。屋上のふちには金網《かなあみ》がめぐらしてあるが、その内側ではなく、外側だったのだ。一歩でも進めば、いや、一歩も動く必要はない。金網をつかんでいる手さえ放せばいい。そのまま五十メートルほどを落下し、数秒後にはコンクリートの地面に激突《げきとつ》することになる。

最初の発見者は、下の道路を通りがかった青年だった。彼《かれ》はホテルへ入り、受付に立ち寄り、好奇心《こうきしん》にみちた口調で聞いた。

「こちらの屋上に、マネキン人形が飾《かざ》ってありますね。あれは単なる虫干《むしぼ》しなのですか。それとも、新しい宣伝《せんでん》方法かなにかで……」

受付の係は、一瞬《いっしゅん》ふしぎそうな顔をした。しかし、たちまち混乱《こんらん》の渦《うず》がまきおこり、そのひろがりは押《お》えようがなかった。

そのなかで、責任者であるホテルの支配人は、さすがに沈着《ちんちゃく》だった。ただちに警察《けいさつ》および消防署《しょうぼうしょ》に連絡《れんらく》をとらせ、また、屋上への一般《いっぱん》立入りをとめるよう命じた。それから、自分ひとり屋上へあがった。

「それ以上は近よらないで」

支配人があと十メートルぐらいに歩み寄ると、金網《かなあみ》のそとの女が言った。支配人にしても、物ごとが簡単《かんたん》におさまるものとは、期待していなかった。彼は足をとめ、なにげなさをよそおって話しかけた。

「おじょうさん。そこは危《あぶの》うございますよ。なにをなさっておいでなのです」

「みればおわかりでしょ。自殺をするつもりなの。自殺ってのはね、なぜだか知らないけど、安全なとこじゃできないのよ。お願い。じゃましないで」

彼女《かのじょ》は笑っているような、泣いているような声で答えた。それがかえって、緊迫感《きんぱくかん》を高めた。支配人は彼女から目をはなさず、注意ぶかくつぎの言葉を口にした。飢《う》えたトラを前にした猛獣《もうじゅう》使いに似《に》た状態だった。

「わかりました。おとめはいたしません。思い悩《なや》んだあげくの、覚悟《かくご》のうえのことなのでございましょう。くわしい事情は存《ぞん》じませんが、ご同情申しあげたい気持ちでございます」

「ありがとう。世の中にはまだ、親切なかたもいらっしゃったのね」

「恐《おそ》れ入ります。しかし、いかがでございましょう。わたしの立場についても、ご同情いただけないものでございましょうか」

「どんなことなの」

「ここの支配人をいたしております。観光シーズンを控《ひか》えた、できたてのホテルでございます。いま、ここで自殺をされては……」

それは本心でもあった。しかし、意味をとりちがえたのか、女は言った。

「ホテルの宣伝《せんでん》になるかもしれないわね。あたしにできる、ただひとつのお礼よ。親切な言葉をかけてくれた、あなたへの……」

「冗談《じょうだん》ではございません。宣伝どころか、不吉《ふきつ》な評判がひろまってしまいます。で、こんなことを申しあげてはなんですが、もし、お悩《なや》みがお金の問題でございましたら、お立て替《か》えさせていただきましょう。なんとか、飛び下りるのを、思いとどまっていただけないでしょうか」

と、支配人は提案した。女はちょっと目を丸くした。

「ほんとなの、それは。だけど、思いとどまったとたん、値切《ねぎ》られちゃうんじゃないかしら、世の中って、おたがいにだましあっているようなものですものね」

「とんでもございません。ホテルの信用にかけて、お約束は守ります。お疑《うたが》いでしたら、ご指定のかた、あるいは銀行へ、いますぐお払《はら》いいたしてもよろしゅうございます」

「いいお金もうけがあったものね。でも、およしになったほうがいいわ。それが前例にでもなったら、流行しちゃうわよ。世の中には、ずるい人が多いんだから、かえって、あなたに迷惑《めいわく》をかけることになってしまうわ。それより、このままあたしを死なせて」

金銭では解決しそうにないので、支配人は言葉につまった。その沈黙《ちんもく》をさえぎるようにパトロールカーのサイレンが聞こえた。警官《けいかん》たちが散り、五十メートル下の道路で、やじうまたちの整理をはじめた。アリの群が右往左往《うおうさおう》しているように見えた、ざわめきが不規則に立ちのぼってきた。

まもなく、中年の警察官《けいさつかん》が屋上にあがってきて、弱りきった顔の支配人と交代した。警察官は強く鋭《するど》い口調で言った。前にも、こんな場面にであった経験でもあるのだろうか。

「おやめなさい。そのような行為《こうい》は、社会に迷惑をかけるだけです。それを知ってのうえなのですか」

「ええ、わかっているわ。だけど、あたしは死にたいのよ」

「なぜ、死のうとなさるのです。なにか罪《つみ》をおかしたのですか。どんな犯罪かは知りませんが、死でつぐなうほどのことではないでしょう。思いとどまったらどうです。決して、悪いようにはしません。反省の意識は、よくわかりました」

「ありがとう。でも、そんなことで罪を軽くする前例も、作らないほうがいいと思うわ。屋上で自首をする人がふえるんじゃないかしら」

「その時はその時です。で、どんな罪をおかしたのですか」

「あたしはべつに、いままで悪いことをしなかったわ」

と女は否定《ひてい》し、警察官《けいさつかん》はあやまった。

「失礼しました。警察の仕事をしていると、つい犯罪と結びつけてしまいます。それではなにが原因《げんいん》なのです。不治《ふじ》の病気にでも……」

「病気で死ねるんなら、こんな死に方を選びはしないわ。あたしは健康よ」

135　死の舞台

彼女《かのじょ》は顔を動かし、下に目をやった。群衆《ぐんしゅう》はうごめきながら見あげ、ホテルの窓《まど》からも人びとの首が出ていた。しまったままの窓もあったが、そのガラスの裏《うら》には、やはり熱をおびた視線《しせん》がひそんでいるのだろう。警察官《けいさつかん》はそれを指摘《してき》した。

「あの連中をごらんなさい。あいつらはみな、あなたの死を見物しようとしているんですよ。テレビや映画《えいが》のように作りものでない、本物の死を見のがすまいと。あとで、とくいになって友人に話すためにです。そんな冷酷《れいこく》なやつらの期待にこたえ、楽しませてやることもないじゃありませんか」

「ええ。それもわかっているわ。人間て、だれでも、他人の不幸を見物するのが、とても好きなものね、あたしにもよくわかるわ」

「それだったら、飛びおりることをおやめになったらどうです」

「わかったうえでのことなのよ。もう、これ以上は話しかけないで。死ぬ前のひとときを、静かにすごしたいのよ」

警官《けいかん》はさじを投げ、自分の首すじに手を当てた。しかし、バトンタッチの形で、身だしなみのいい、眼鏡《めがね》をかけた紳士《しんし》があらわれた。話しかけようとするのを察してか、女はさきに断《こと》わった。

「あたし、宗教《しゅうきょう》には関心がないのよ。神さまや仏《ほとけ》さまのお話なら、あたしが死んでからにしてちょうだい」

「いや、牧師《ぼくし》のたぐいではありません。まあ、気を落ち着けて、お話でもいたしましょう」

「あたしは落ち着いているわ。さわいでいらっしゃるのは、あなたがたのほうじゃなくって」

「これは、一本やられましたな。だが、なんで落ち着いていらっしゃるのです。テレビのタレントにでもなるための、売込《うりこ》みのお芝居《しばい》じゃないのですか」

紳士は笑ってみせ、言葉じりをとらえ、わざと意地の悪い話題をちらつかせた。頭のいい、巧妙《こうみょう》な作戦のようだった。

「こんな方法でタレントになったって、成功はしないわよ。人びとは、もの珍《めずら》しさにすぐ飽《あ》きるものよ。飛びおりて、まだ死なずにいられたら、手記ぐらいは売れるかもしれないけど。どっちにしろ、けちなお話よ」

女は作戦にひっかかってこなかった。立腹《りっぷく》もしなければ、虚無的《きょむてき》な表情を変えようともしなかった。紳士《しんし》はべつな計画をたてた。

「あなたなら、もの珍《めずら》しさだけでなく、立派《りっぱ》なタレントになれますよ。そのニヒルな美しさは、現代人の感覚にあうと思います」

「あら、そうかしら」

彼女《かのじょ》はちょっとにっこりした。それを見て、紳士は勢いづいた。やはり女だ。おせじを言うと、死にのぞんで悟《さと》りきっていても、悪い気はしないらしい。

「そうですとも。あなたほどの若《わか》さも美しさも持たず、つまらなく生きている人はたくさんいます。もし、あなたが年とった人生の敗残者でしたら、とめたりはしません。惜《お》しい気がしてなりませんね。人生にはまだまだ、すばらしいこと、美しいことがあるのですよ。あなたなら、それを手に入れることができるでしょう」

「それも知っているわ」

「ある詩人は、こう言っています。暗く寒い冬のほらあなを歩み疲《つか》れ……」

紳士はロマンチックな調子で詩の引用をはじめた。そのとたん、女は言った。

「あ、思い出したわ。どこかの週刊誌《しゅうかんし》で、身上相談の回答をやっていらっしゃる、心理学だか精神分析《ぶんせき》だかの先生ね。そういえば、お写真で拝見《はいけん》したことがあるわ。それに、すぐに詩を引用なさるのが特徴《とくちょう》ね」

「いや、見破られてしまいましたか」

「ずいぶん本をお出しになったりして、景気がよさそうね。うらやましいわ。だけど、あたしの気はたしか、精神は健全よ。それから、身上相談では打ちあけられないような問題なの」

「しかし、ちょっと話すぐらいなら……」

「いいわ。ちょっとだけね。じつはね、結婚《けっこん》問題なのよ。といっても、親の無理解とか、相手に妻子《さいし》があるとかいうたぐいではないわ。もっと切実なこと。あ、そうだわ。先生が奥《おく》さんと離婚《りこん》なさって、あたしと結婚《けっこん》していただけるのなら、中止してあげてもいいわ」

「しかし、まさか、そんなことも……」

「でしょう。さっきはあんなに、おせじをおっしゃっていたくせに。でも、これは最後の冗談《じょうだん》よ。もうお帰りになったほうがいいわ。あたしの飛びおりるのに立ちあい、とめられなかったとなると、身上相談の先生の信用が落ちてしまうわ」

もはや、だれの手にもおえそうになかった。はるか下からの群衆《ぐんしゅう》のざわめき、この屋上の沈黙《ちんもく》。その対照のなかで、息苦しい緊張《きんちょう》が高まりつづけていた。破局はすぐそばまで訪《おとず》れているのだろうか。

その時、若《わか》い男が屋上にかけあがってきた。ホテルの係員に阻止《そし》されながら、彼《かれ》は大声で叫《さけ》んでいた。

「待ってくれ。ぼくだ。どんなことでもする。思いとどまってくれ……」

それを耳にし、女の顔はかすかに感情をとりもどした。乾燥《かんそう》した砂漠《さばく》に、はじめて草の芽があらわれたようだった。いま話にでた結婚問題とは、この青年とのことだったらしい。

女は警察官《けいさつかん》に声をかけ、助けを求めた。慎重《しんちょう》にナワが投げられ、彼女《かのじょ》はそれを握《にぎ》り、ふちを伝い、金網《かなあみ》の内側へ移ることができた。青年はかけより、彼女を抱《だ》きしめ、興奮《こうふん》した顔を見つめあった。

五十メートル下の群衆は散りはじめ、ホテルの窓《まど》からは、不満そうな首がひっこんだ。聞きとることはできなかったが、なかには、ののしるような声をあげた者もあった。

しかし、屋上の関係者のあいだには、ほっとしたため息が流れた。若い生命が、無意味に散ることもなくすんだのだ。どんな事情があったのかはわからないが、二人はいっしょになることだろう。

彼女はもはや、二度とこんなことはしないだろう。そして、彼ももう二度と、彼女にこんなことをさせはしないだろう。

「ねえ。あたしたち、結婚《けっこん》できるかしら」

二人きりになり、女は気づかわしげに聞いた。青年はそっと、だが、力強くささやきかえした。

「できるとも。大成功だった。ぼくがホテルの受付に知らせたとたん、まったくの混乱《こんらん》状態だ。想像以上だったな」

「あたしの演技が、一世一代のすばらしさだったせいよ」

「おかげで盗《ぬす》みほうだい。一流ホテルだけあって、客だねがよく、すごい収穫《しゅうかく》だ。みなドアにカギをかけるのも忘《わす》れ、窓《まど》にへばりついていた。お客ばかりか、ボーイたちまでも。だれにも顔を見られなかった。こんな楽な犯罪は、二度とありえないだろうな。もっとも、二度と使える方法でもないだろうが……」

マスコット

ちかごろの世の中は、むかしとくらべてすっかり変ってしまった。私《わたし》たちにとっては、少しも働きがいのない時代だ。そう。私は幸運の神によってこの世に派遣《はけん》されたものの一員。ふつうマスコットと呼《よ》ばれている。

私はこの数百年ほどのあいだ、ずっと一枚《まい》の貨幣《かへい》に宿ってきた。ほかの物に引っ越《こ》すことができないわけでも、許されていないわけでもない。だが、この金貨の住み心地《ごこち》はそう悪くないし、それに、あまりしばしば移転することは、マスコットとしての立場からいって、いいことではない。

多くの人の手をへてきたため、この金貨はいまではずいぶん古ぼけ、汚《よご》れてしまい、見ただけではもちろん、私《わたし》が宿っているなどとわかるはずがない。もっとも、外見だけでわからない点では、むかしも同じことだった。しかし、むかしの人びとは私の存在《そんざい》に気づいていて、なんとかしてこの貨幣《かへい》を手に入れようとし、手に入れたからには二度と放すまいとしたものだ。

たとえばナポレオンの一生など、すべて私とともにあったといえる。私を身につけている時は旭日昇天《きょくじつしょうてん》の勢いだったが、それを紛失《ふんしつ》するやいなや、目もあてられない状態になった。モスコー遠征《えんせい》でさんざんな目にあい、エルバ島に流されてしまった。だが、日用品のなかにまざって私が手渡《てわた》されると、たちまちパリに戻《もど》り、帝位《ていい》につくことができた。

このように、私は職務にはきわめて忠実《ちゅうじつ》。かならず持ち主に対して、幸運をもたらしてきた。しかし、どうもこのごろは働く意欲《いよく》をそがれるばかりだ。なぜって……まあ、話を聞いてもらいたい。

私はしばらく前に、加工されてキー・ホールダーにされてしまった。通用しない古い貨幣だし、このことに別に不満はない。そして、小さな古道具屋のウインドウの片《かた》すみに置かれていた。

その古道具屋は繁盛《はんじょう》し、店の品物の売れ行きはすばらしかった。店の主人のために、私が幸運をもたらしていたのだから、それはふしぎではない。あまり売れ行きがよくて、仕入れるのがまにあわないほどだった。

だが、ある日ついに、主人は私を手ばなした。調子に乗った主人は、一人の若《わか》い男の客にむかって、私の宿っている貨幣を押《お》しつけた。残っている品は、ほかにほとんどなくなっていたのだ。

「こんなキー・ホールダーはいかがです。金貨ですし、これは幸運のマスコットなんですぜ」

例によって高い値段《ねだん》をつけ、売りつけてしまったのだ。どうも妙《みょう》な時代になったものだ。幸運のマスコットなら、簡単《かんたん》に手ばなさなければいいだろう。また、買うほうも買うほうだ。そんなことに少しも不審《ふしん》を抱《いだ》かず、言《い》い値《ね》どおり支払《しはら》った。

かくして、私《わたし》の持ち主は変った。古道具屋はこれからさびれる一方だろう。

こんどの新しい私の持ち主は、登山を趣味《しゅみ》とする青年だった。古道具屋の言葉をすなおに信じて買ってくれたので、私は大いに知遇《ちぐう》にむくいようと思った。

そこで、彼《かれ》が山を歩いている時、鉱脈のあることを知らせてやろうとした。彼の歩いている前に、岩の小さなかけらを、がけから転がして彼に気づかせようとした。

しかし、なんということだろう。高い含有率《がんゆうりつ》を持つ鉱石が目の前にあるのに、彼はそれを手にとろうともしなかった。

「ああ、驚《おどろ》いた。もう少しでぶつかるところだった。危《あぶな》い、危い。まったく、とんでもない話だ。なにが幸運のマスコットだ」

彼はこうつぶやき、まもなく私は追い出されることになった。たまたま訪《おとず》れてきた友人が私をみつけ、

「いいものを持っているじゃないか。ゆずらないか」

と言ったのをいいことに、彼はいいかげんな話をでっちあげ、古道具屋へ支払《しはら》った金

147 マスコット

を回収《かいしゅう》した。

「このキー・ホールダーのことか。これは幸運のマスコットなんだが、ほかならぬきみのことだ。売ってあげるよ」

「それはありがたい。これで、こっちにも少しは運がむいてくるかもしれない」

人びとは幸運にあこがれている。だからこそ、こんな話を聞くとすぐに飛びついてしまう。こんどの持ち主は画家。しかも、なかなか売り出せないでいる画家だった。そのため、マスコットという言葉にひかれ、それに頼《たよ》ろうとしたのだろう。

彼《かれ》には才能《さいのう》がないわけではなかった。それなのに、どうもぱっとしなかった。たちの良くない女にくっつかれていたせいもあった。

彼は絵をいくつか抱《かか》え、画商めぐりに出かけた。マスコットを持って歩けば、あるいは絵が売れるのではないか、と思ったらしかった。

しかし、私《わたし》はいっしょに回ってみて驚《おどろ》いた。どれもこれも、いいかげんな画商ばかり。こんなのを相手にしているから、いつまでたっても芽が出ないのだ。まずこの連中と縁《えん》を切らせなければいけないと思い、相手に働きかけて、こう言わせた。

「だめですな。もっと大衆《たいしゅう》に受けそうな、気のきいた絵をかいて下さいよ。いまのままでは、これからさき、うちの店では扱えませんね」

私の持ち主の画家は、がっかりして家に帰った。その時、私は問題の悪女にこう言わせた。

「どこの画商でも断わられたんですって。だめねえ。あんたなんかといっしょにいても、ろくなことはないわ。もう、あいそがつきちゃったわ。出て行くわよ」

そして、彼女《かのじょ》はいなくなった。これでよし。たちの悪い画商と、くされ縁の女との整理ができたのだ。幸運を呼《よ》びよせるための、受入れ態勢ができたわけだ。

さて、これからという時。またも情けない結果になってしまった。彼はぐったりとし、身の不運をなげき、ほっとけばいいのに、逃《に》げた女のあとを追いまわした。

なぐさめにきた友人の一人に、彼は涙《なみだ》ながらに訴《うった》えたものだ。

「ひどい目にあわされた。なんでこれがマスコットなものか。いままでの画商にはしめ出され、女には出て行かれてしまった。マスコットはマスコットでも、悪運のマスコットにちがいない」

と、大げさな口調で、なにもかも打ちあけた。すると、相手は意外なことを言った。

「そいつはいい。悪運のマスコットとはうれしいじゃないか。たのむ。おれに売ってくれないか」

「欲《ほ》しいのなら、こんな物はただでもやるよ。しかし、なんに使うんだ。ひどい目にあうぜ」

「いや、おれにはちょうどいい、その使い道がある。いやな相手に渡《わた》すのさ」

かくして、またしても私《わたし》の持ち主は変った。せっかちな世の中では、たちまちのうちに次の持ち主に渡されてしまう。あの情けない画家は、またいままでの生活にもどることになるだろう。いいかげんな画商と、たちの悪い女との生活へ。

こんどの持ち主が私をどう使うのかと、私は少し好奇心《こうきしん》を抱《いだ》いた。彼《かれ》は私の宿った貨《か》幣《へい》を家に持ち帰り、誕生日《たんじょうび》の贈《おく》り物として自分の妻へ手渡《てわた》した。

「きみの気に入るといいがな。金貨のキー・ホールダーとは、ちょっとしゃれているだろう。それに、幸運のマスコットだそうだ。いつも身につけていておくれ」

なんともひどい男だった。こんなやさしい言葉を口にしながら、腹《はら》のなかでは殺害の計画をねっているのだから。彼が自分で持っていて、殺害の計画を進めた場合には、私は心ならずも、その手伝いをしなければならなくなるところだった。

私は彼の手からはなれ、夫人のほうに移ってほっとした。この気の毒な女性を危険《きけん》からまもるのが、私のつとめとなった。

彼の計画は進行し、その当日となった。

夜になるのを待ち、彼はビルのバルコニーに妻をさそい、そこからつき落そうと試みた。だが、もちろん、うまくいくはずがない。彼女《かのじょ》には私がついているのだ。

私は彼が寄りかかっている手すりをこわして、彼のほうを墜落《ついらく》させてやった。凶行《きょうこう》は未然に防げ、彼はそのむくいを受けた。このような仕事はいつやってもやりがいがあるし、気持ちもいい。

しかし、この彼女《かのじょ》も私《わたし》の持ち主としては、あまり気持ちのいい人物ではなかった。そばまで迫《せま》ってきた死の手をのがれ、凶悪《きょうあく》な亭主《ていしゅ》が死に、それればかりか、多額の生命保険金の小切手を手にしながら、あまり喜ぼうとしなかった。

喜ばないどころか、驚《おどろ》いたことに亭主の死を悲しんだのだ。

「こんなお金なんか、あたしは少しも欲《ほ》しくない。あの人に死なれては、あたしにとって世の中は暗やみと同じだわ」

と、涙《なみだ》を流してつぶやきつづけたあげく、ついには、こんなことを言い出した。

「あの人もひとがいいから、だまされてこんな物をつかまされたのだわ。なにが幸運のマスコットよ」

そして、私の宿っている貨幣《かへい》を、目をつりあげてにらみつけ、庭の池のなかに投げこんでしまったのだ。

私は当分のあいだ、この池の底で休むことになった。

だが、ちょうどいいだろう。こっちだって、あまりのばかばかしさに休みたくなっていたところだ。それに、不幸のマスコットなどとレッテルをはられては、どうも面白くない。

池の底からふたたび私がとり出され、新しい持ち主にお目にかかれるのは、いつの日だろうか。願わくば、もう少し落ち着いた、働きがいのある世の中になっていてもらいたいものだ。

隊員たち

窓《まど》のそとの光景は、見渡《みわた》す限りの凍《こお》りついた大地だけだった。なにもかも、大気はもちろん、惑星《わくせい》の中心部までも氷結しているのではないかと思えるほどだ。永遠の静寂《せいじゃく》のなかで暗く青白く、星々の光を受けて、はてしなくひろがっている。

われわれははるばるこの惑星にやってきて、宇宙船《うちゅうせん》を着陸させ、ここで一週間をすごした。荒涼《こうりょう》として単調で、いや、じつにひどいところだ。

ここは、とりたてて特徴《とくちょう》もないある太陽系《たいようけい》の、最外側の惑星。もっと内側のほうの惑星まで足をのばしてさがせば、生物のいる惑星、ひょっとしたら、文明の初期の段階《だんかい》にたどりついた住民のいる惑星などがあるかもしれない。しかし、われわれは一刻《いっこく》も早く帰りたいのだし、生物採集や文明調査などといった、愚《ぐ》にもつかないことに興味はないのだ。そんなくだらない仕事は学術探検隊のやることであり、われわれは劇映画《げきえいが》のロケ隊なのだ。そして、私《わたし》は助監督《じょかんとく》。雑用の大部分を押《お》しつけられている。

ばかげた費用をつぎこんだ、低級な娯楽《ごらく》映画だ。例によって、ありきたりな筋《すじ》の時代劇《じだいげき》。いくつもの太陽系をまたにかけて活躍《かつやく》する、若《わか》い男と女の物語だ。お高くとまった批評家《ひひょうか》は、これは芸術作品とは称《しょう》せません、と言うだろう。歴史学者は、史実を無視《むし》している、とけなすかもしれない。だが、そんなことは知っちゃいない。気まぐれな観客の要求する最近の傾向《けいこう》がこうとなると、会社として作らないわけにいかないのだ。

ワイドの立体映画であり、しかも、このごろの観客ときたらぜいたくになって、セット撮影《さつえい》では満足しないとくる。したがって、こんなへんぴなところまで、わざわざやってきて、いくつかのシーンを撮影しなければならないのだ。

「おつかれさまでした。本日でやっと、ここでの撮影は終り。いよいよ、あすは出発です」

と、私《わたし》は主演の男優《だんゆう》に声をかけた。しかし、彼《かれ》はいらいらした表情で、手に持った知恵《ちえ》の輪に熱中している。なかなかうまくいかないのだろう。ぱっとしないこと、おびただしい。役柄《やくがら》の上では頭脳《ずのう》と勇気にめぐまれた、恋《こい》と正義の剣士《けんし》なのだが、現実はごらんの通りだ。彼はやっと顔をあげ、私に言った。

「出発の時、旅行中の退屈《たいくつ》しのぎにと、友人からもらった知恵の輪だ。三つのうち二つはとけたが、あとの一つがどうにも離《はな》れない。このまま持って帰って降参《こうさん》しなければならないのかと思うと、どうにもしゃくだ。手伝って考えてくれないか」

助監督《じょかんとく》となると、つまらないことの相手までやらされる。しかし、私はすなおに、その知恵の輪についての知恵を貸してやった。

「あなたも一杯《いっぱい》くわされましたね。以前に、わたしもひっかかったことがあるのですよ。その知恵の輪のセットには、簡単《かんたん》に離れそうで絶対に離れないのが、一つまぜてあるのです」

「うむ。そうだったのか。なんという人の悪いやつだ。よし、帰ったら、ただではおかないぞ」

帰ってからにすればいいのに、たちまち彼はかっとなり、三つの知恵の輪をつかんで床《ゆか》に投げ捨《す》てた。私はそれを拾いあげ、ポケットに入れた。こんなものを床にほっておくと、出発して加速した時に事故のもとになる。

つぎに私は、監督の部屋を訪《おとず》れた。そして、

「あれはどうしましょう。持って帰りますか」

と窓《まど》のそとを指さし、指示をあおいだ。そこには、氷原に頭からまっさかさまに突《つ》っ込《こ》んだロケットが眺《なが》められる。薄明《はくめい》のなかにさびしく立つ銀色の斜塔《しゃとう》といった形で、悲《ひ》劇的《げきてき》というか鬼気《きき》せまるというか、もしあんなのに乗っていたらと思うとぞっとする光景だが、いうまでもなく作り物。しかし、うるさい観客の目を考慮《こうりょ》し、外見だけは実に立派《りっぱ》で、本物そっくりといえる。

監督は首を振《ふ》って答えた。

「いや、捨てていこう。ご用ずみだ。残りのシーンで、あれは使わない」

「いささか、惜《お》しい気もしますね」

「この映画《えいが》は、確実に大当りすることになっている。予算もふんだんにとってある。それを考えれば、けちけちすることはない。もし欲《ほ》しいのだったら、おまえにやる」

「いりませんよ。あんながらくた。子供《こども》だって持てあまします。まだしも、主演女優《じょゆう》のサインのほうが……」

こんな雑談をしている時、かん高い悲鳴が聞こえてきた。その主演女優の部屋らしい。しかし、べつにあわてることはないのだ。彼女《かのじょ》はなにかというと、つまらないことに大げさな声をあげる。灼熱《しゃくねつ》の星に流されても、暗黒の小惑星《しょうわくせい》に幽閉《ゆうへい》されても、涙《なみだ》ひとつこぼさず、気丈《きじょう》にたえぬく宇宙《うちゅう》のヒロイン役のはずなのだが。

しかし、いってなだめてやるまでは、あのわめき声がつづくのだ。私《わたし》は礼儀《れいぎ》正《ただ》しくノックをし、なかに入って彼女に聞いた。

「どうなさいました。あすはいよいよ出発です。ホームシックにひたるのでしたら、もうおやめ下さい。それとも、気分でも悪いのですか」

「ええ、そうなの。でも、あたしじゃないのよ。あたしの大事なキッピちゃんが変なの」

それはつまり、彼女のペットのことだ。そばのカゴのなかでのびている。生物科学研究所で苦心して作りあげた、サルとクマとの合いの子で、とても高価《こうか》なものなのだそうだ。一流スター級の莫大《ばくだい》な収入《しゅうにゅう》でないと、とても買えたものではない。しかし、頭のほうはクマ並《な》みで、力はサル並みという、およそ役に立たない動物なのだ。

といって、私はだまったままでいるわけにもいかない。

「それはそれは。いつかうかがったお話では、不安定な雑種のため、生殖《せいしょく》能力がないばかりか、とてもひよわな動物とのことでしたね。なにが原因なのでしょう」

彼女はすすり泣きながら話しはじめた。

「さっきね、キッピちゃんに香水《こうすい》をかがせたのよ。とても喜んだので、好きなだけなめさせてやったの。とうとう、ひとビン飲んじゃったわ」

女優というものは、しょっちゅう常軌《じょうき》を逸《いっ》したことをやる。もっとも、香水を飲んでしまうペットもペットだ。どっちもいい勝負というほかはない。しかし、そんなことは口に出せない。私《わたし》は言った。

「それで、どうしましたか」

「そしたらね、なんだか弱ってきたのよ。あたし、あわてて救急箱のなかにあったお薬を飲ませてやったの。だけど、ちっともきかないのよ。早く元気にさせようと、たくさん飲ませてあげたのに……」

どんな薬を使ったのだろう。私はその薬のビンを手にとってみた。これまた、なんということだ。あわてていたためなのか、学がないためなのか、救急薬どころか、性欲《せいよく》の刺激剤《しげきざい》だ。用量注意と特に記してあるほどの強力なやつだ。かよわいペットがくたばってしまったのも、当り前のことだ。

しかし、私はこんな場合の処理《しょり》になれている。なんとかかんとか、巧妙《こうみょう》なぐさめの言葉を連発し、最後にこう言った。

「本当にかわいそうなことでした。なんと申しあげていいのか、わからないほどです。この星に厚く葬《ほうむ》ってやろうではありませんか。ここは、ほかに生物ひとつない氷の星です。また、腐敗《ふはい》することもなく、嵐《あらし》や雨もありません。キッピちゃんは、曇《くも》ることのない満天の星のささやきをあびながら、いつまでもこの星の王子さまでいられるわけでしょう」

いやに文句がすらすら出ると思ったら、このあいだ手伝った三流映画《えいが》のなかにあったせりふだった。しかし、私はそれを涙声《なみだごえ》でしゃべったのだ。このセンチメンタルな調子がお気に召《め》したのか、少女趣味《しゅみ》の彼女《かのじょ》は、やっとうなずいてくれた。

「そうね。そうすれば、かわいそうなキッピちゃんの魂《たましい》も、静かな時間のなかで安らかな眠《ねむ》りをすごせるわけね。あなたの案はすばらしいわ」

彼女は悲しみを忘《わす》れ、この思いつきに熱中しはじめた。さっきまで流していた涙は、いったい本心だったのだろうか。

「そう言われると光栄です」

「あ、そうだわ。キッピちゃんに一番いい服を着せてやりましょう。それから、あたしのペンダントもかけてやるわ」

彼女《かのじょ》は棚《たな》からびらびらのついた、けばけばしい服を出した。そのペット用の服は最上等の布でできていて、抽象的《ちゅうしょうてき》な模様《もよう》が、細い純金《じゅんきん》の糸でししゅうされている。さらに彼女は、自分の首から大きな宝石《ほうせき》のついたペンダントをはずし、キッピちゃんの首に移した。むだなことといったら、ありゃしない。そして最後に、彼女は私《わたし》にこう言った。

「じゃあ、よろしくお願いするわね」

ついに私は、化粧《けしょう》をした最盛装《さいせいそう》のペットの死体を押《お》しつけられた。映画の助監督《じょかんとく》という職は、まったくなにをやらされるか想像もつかない。

私は宇宙服《うちゅうふく》に身をかため、エアロックから船外へ出た。やりたくはないが、仕方ない。埋葬《まいそう》してやろうとしたが、こう固く凍《こお》った大地では、手のつけようがない。といって、ほっぽり出して帰るのでは気がとがめる。

氷結した地上を滑《すべ》りどめのついた靴《くつ》で歩き、作りもののロケットを目ざした。あのなかに安置してやるとしよう。

私はなかに入った。内部にはなんにもない。撮影《さつえい》の時に監督が休憩《きゅうけい》に使った椅子《いす》が一

つだけあった。私《わたし》はそれを最前部へ運び、それにキッピちゃんの死体をすわらせた。すわらせたといっても、すでにこちこちに凍《こお》っていて、椅子《いす》の上にころがしたというべきだろう。

それで引きあげようとしたのだが、考えてみると、ペンダントの宝石《ほうせき》はあまりにももったいない。私はそれをもぎとった。かわりになにかをつけてやるか。私はポケットに知恵《ちえ》の輪があることを思い出した。ポケットの上の部分の宇宙服《うちゅうふく》は二重皮膜《ひまく》になっているため、それを取り出すことができる。私は三つの知恵の輪を、適当に配置した。まあ、これでいいだろう。

「あばよ。キッピちゃん」

私は軽くつぶやき、頭をさげ、宇宙船へともどりはじめた。ひどい星でひどい仕事を押《お》しつけられた自分が、つくづく情なくなった。しかし、まるで救いがないわけでもない。ちょっと浮《う》かんだこんな空想が、わずかに心をなぐさめてくれた。

いずれはこの太陽系《たいようけい》の内側の惑星《わくせい》で、文明が進歩をはじめるかもしれない。何十万年かたてば、そいつらだって、このあたりまでやってくるだろう。そしてこれにお目にかかるのだ。

操縦装置《そうじゅうそうち》も燃料も、食料さえもつんでいない墜落《ついらく》したロケット。乗員といえば、妙《みょう》な着物をまとった、サルとクマの合いの子だ。彼《かれ》らは解剖《かいぼう》して研究をはじめるかもしれない。胃の中にあるものは、香水《こうすい》と強力な性欲《せいよく》刺激剤《しげきざい》。生殖《せいしょく》能力のまるでない動物の胃の中にだ。首にかけられているものは、とける知恵の輪が二つと、決して離《はな》れないのが一つ……。

おそらく、宇宙のなぞへ挑戦《ちょうせん》する意欲《いよく》と、未知へのあこがれを胸《むね》に、緊張《きんちょう》でかたくなり、大まじめな顔で乗りこんでくる、純真《じゅんしん》な連中たちだろう。きっと、とんでもない報告書を作りあげるにちがいない。

夜の声

あたりには闇《やみ》があった。闇だけがあった。黒い色だけがまわりを取りかこんでいた。どの方角に歩きつづけたところで、光にめぐりあうことはできないと思われる、限りない深さを含《ふく》んだ闇だった。

ひとかけらの光もなかったが、かすかな音はあった。この闇の遠い果てあたりから呼《よ》びかけてくるような、一つの声だった。それには、うらむような、たけり狂《くる》うような感情がこめられているような気がした。

男の声だったが、いくら努力しても、私《わたし》の記憶《きおく》のなかから、その声の主にあたる人をさがし出すことはできなかった。耳を傾《かたむ》けてみると、声は少し近よってきたように思えた。そのすすり泣きのようなつぶやきの意味はわからなかったが、なにかを訴《うった》えるような、救いを求めるような響《ひび》きをおびていた。

このいやな声は、いったいだれなのだろう。考えつづけても、思いあたる者は浮《う》かばなかった。悲しげな声はさらに近づいてきて、大きくなった。

そして、その声の主が私の目の前、しかもすぐ前に立ち止まるけはいを感じた。

「だれなんだ。そこにいるのは」

心のなかの不安とじれったさは、こう声をかけずにいられなくした。だが、相手はさっきと同じように、悲しげな声をあげつづけている。私は闇のなかにむかって手を伸《の》ばし、相手の立っているると思われるあたりをさぐってみた。だが、手にはなに一つ触《ふ》れなかった。

「だれなんだ」

と、もう一回叫《さけ》ぶと、どこからか女の声が耳に入った。

「あら、お気がつきになりましたのね」

私《わたし》は目をあけることができた。すべての闇《やみ》は消え去り、光が押《お》しよせてきた。そして、その光のなかに、白い服の女が立っていた。私は目をこすり、その姿《すがた》を見なおして、彼女《かのじょ》が看護婦《かんごふ》であることを知った。

「あ、ここは病院ですね。なんでこんな所にいるのです」

「あなたは頭を強くなぐられ、気を失っておいでだったのです。それで、いまやっと、意識が戻《もど》ってきたのですよ」

横たわったまま、反射的《はんしゃてき》に頭に手をやってみたが、そこにはべつに痛《いた》みは残っていなかった。たいしたことはなかったようだ。

「そうでしたか。お手数をおかけしました」

こう言って起きあがろうとしたが、看護婦は私を制した。

「まだ動いてはいけません。そのまま、しばらくお休みになっていて下さい。先生に報告してまいりますから。動いたりなさるのは、先生の指示にしたがって下さい」

看護婦はそばを離《はな》れていった。廊下《ろうか》を遠ざかる足音を聞きながらあたりにただよっている、病院特有の消毒薬のにおいをかいだ。

病室はわりに広かったが、ほかに患者《かんじゃ》はいなかった。ベッドのそばにある照明が、静かに白い壁《かべ》を照らしていた。窓《まど》はあけてあったが、空気はさっきの夕方とあまり変りなく、むし暑さをおびていた。窓のそとでは、夏の虫の鳴声がしていた。

さっきのことはどうなっただろう。うまく片《かた》づいてくれるといいのだが。このことが、水に落ちたインキのように、すぐに私の頭のなかにひろがった。私はベッドの上に横たわったままで、単調な病院の壁を見つめながら、私のしたことをもう一回、思いかえしてみた。

私があんなことをしてしまったのは、この暑さのせいだったろうか。感情に走りやすい、私の性格のためだったろうか。それとも、酒の酔《よ》いのせいだったのだろうか。

夕方、会社から帰りがけの道で、私は呼《よ》びとめられたのだった。

「やあ。しばらくじゃないか」

ふりかえってみると、学生のころの友人の一人だった。だが、特に親しいという友人ではなく、どちらかというと、あまり肌《はだ》があわず、そのごもそれほど付き合わなかった友人だった。

「なんだ、きみだったのか。どうも暑い日がつづくな」

私《わたし》があいさつをかえすと、彼《かれ》はこう誘《さそ》ってきた。

「ぼくのアパートはすぐそこだ。どうだい、ちょっと寄《よ》って、酒でも一杯《いっぱい》、飲んでいかないか。まっすぐ帰ったって、することもないじゃないか」

それは彼の言う通りだった。道路は昼間吸いこんだ熱を吐《は》き出していて、暑さはあたりに立ちこめている。家に帰ったところで、本を読む気にもなれそうにない。また、テレビを眺《なが》めるにも、きょうはあまり面白い番組がない。だからといって、早く寝《ね》つけるものでもない。夜までなにかをして、時間をつぶさなければならないのだ。

彼があまり親しくもない私を誘ったのも、私がそれに応じたのも、このような夏の夕《ゆう》刻《こく》という時間のせいだった。

「そうだな。ちょっと寄《よ》ってゆくか」

私は彼について、そのアパートに立ち寄った。とりたてて特徴《とくちょう》もない、洋風の一部屋だった。

「さあ、その椅子《いす》にかけててくれ」

と、彼は言い、グラスと氷とを用意し、棚《たな》からウイスキーのびんを下した。

二人はウイスキーをつぎあい、飲みほした。風が止まり、汗《あせ》がにじみ出してきたが、酒の酔《よ》いはそれをいくらか忘《わす》れさせた。彼とは卒業いらい、ほとんどつきあっていなかったので、しばらくはそのごの消息を話しあった。

やがて話題がとぎれ、私は彼の部屋を見まわしながら聞いた。

「あれから、まだ独身なんだな」

「ああ。ごらんの通りさ。そっちは」

「ご同様だよ」

私がまだ一人でいるのは、学生時代にある女性に失恋《しつれん》したからだった。原因もわからず、私《わたし》から去っていったのだ。私は彼《かれ》にこのことを打ちあけようかと思ったが、彼のほうが先にしゃべりはじめた。

「おたがいに、独身でいるほうがのんきでいいな。独身だと、楽しいことが多い……」

そして、彼はいままでにつきあった女性について、つぎつぎと話しはじめた。それが昔にさかのぼるうちに、私は不意に不愉快《ふゆかい》になった。私がかつて思いを寄せていた女性が、その一人として話のなかにあらわれたのだ。

不愉快な話題だったが、私はそれをくわしく話すように、それとなくうながし、彼はしゃべった。そうだったのか。彼女《かのじょ》がわけもわからずに私から去ったのは、彼のほうに好意を抱《いだ》いたからだったのか。

だが、私はそのことで文句を言うわけにはいかず、ウイスキーのグラスを、重ねる以外になかった。酔いはその回る早さをました。

彼のほうは、いい気になってしゃべりつづけた。そして、彼女とは適当につきあったあげく、捨《す》ててしまったことを、とくいげに話し笑った。

それがはたして事実だったのか、それとも誇張《こちょう》だったのかは、わからない。いまとなっては、もう確かめようがないのだ。

たまらなくなった私は、彼になにか文句を言い、彼は言いかえしてきた。それが言い争いになり、はげしさをました。興奮《こうふん》と酔《よ》いとで、頭のなかは溶鉱炉《ようこうろ》のように燃えた。なにをどう言い争ったのか、どうなぐりあったのかは覚えていない。

われにかえってみると、彼は床《ゆか》に横たわっていて、私の手には、金属製の重い花瓶《かびん》があった。部屋の片《かた》すみに置かれてあったものだった。

私はあわててかがみこみ、彼をゆり動かしてみた。彼はぐったりとしていて、呼吸《こきゅう》がなかった。とんでもないことをしてしまった。早く手当てをしなければ。だが、どう手当てしたものかわからず、彼の手をとった。その時、私の全身から血の気がひいた。脈がなくなっていたのだ。私は彼を殺してしまったのだ。

残っていた酔いも、いっぺんにさめた。

「どうしよう。どうしたものだろう」

こんなつぶやきが、くりかえし私《わたし》の口からもれていた。だが、もはやどうしようもなかった。逃《に》げるほかはない。一刻《いっこく》も早く、ここから離《はな》れるんだ。私はあわてて立ちあがった。

だが、立ちあがった時、彼《かれ》のそばの床《ゆか》にころがっている、金属製の花瓶《かびん》が目に入った。そうだ。これをこのままにしておいては、逃げたところで、なんの意味もない。ついている指紋《しもん》を調べられたら、ただちに私の犯行とわかってしまうにちがいない。

ポケットからハンケチを出し、花瓶をていねいに拭《ぬぐ》った。だが、拭っているうちに、頭の働きが少しずつ回復してきた。指紋のついているのは花瓶だけでなく、グラスにも、ウイスキーのびんにもついている。それに、部屋のあちこちにも。

また、たとえ全部の指紋を消すことができたとしても、ひとの記憶《きおく》までを消すことはできない。彼といっしょに来たことを、近所の人たちに見られている。もちろん、すぐにはつかまらなくても、それをもとに手配され、調べられた時にはどうしようもない。言いのがれるためのアリバイも用意してないのだ。

逃げることはできない。だが、私はつかまりたくなかった。なにか道はないだろうか。意味もなく部屋じゅうを見まわし、いつのまにか彼の死体に目がいっているのに気づき、あわてて目をそらす。これを何度かくりかえしながら、私の心は焦《あせ》りにみちてきた。のどが渇《かわ》いてきたが、水を飲む気にもなれなかった。

時計を見ると、夜中ちかくになっていた。あたりは静かで、私の鼓動《こどう》だけが強く鳴っていた。早く、なんとかしなければならない。

花瓶を見ているうちに、自分の頭をそれに打ちつけてしまいたくなった。その時、ある思いつきが浮《う》かんできた。そうだ。それも一つの方法ではないだろうか。私たちがここで酔《よ》いつぶれている時にだれかが入ってきて、二人の頭を花瓶でなぐったように装《よそお》ったら。そして、部屋を荒《あ》らして出ていったように装ったら。

部屋のなかをもう一回見まわすと、さっき二人で争ったためか、適当に乱《みだ》れていた。これ以上は、あまり細工をしないほうがいいだろう。

いい思いつきだった。というより、これ以外に思いつきがなかったのだ。そして、思いついたからには、すぐに実行しなければならなかった。彼《かれ》の死亡時刻《じこく》があまりずれていては、怪《あや》しまれるもとになる。

私《わたし》はハンケチを使って、指紋《しもん》が残らないようにして花瓶《かびん》を持ち、それを上にほうりあげた。そして、ハンケチをすばやくポケットにつっこみながら、その落下してくる場所に、頭のうしろを持っていった。

どれくらいのけがをするだろうか。死ぬことはないだろうか。不安は大きかったが、もはや、やめるわけにはいかなかった。この計画がうまくゆくよう祈《いの》った時、私は頭に衝撃《しょうげき》を感じ、気を失った……。

そして、この病院のベッドの上で気がついたのだ。私は死にはしなかったし、けがもしていないようだ。しかも、しばらく気を失うという、申しぶんのない状態になれたのだ。

気を失っていたのは何時間ぐらいだろう。だが、腕《うで》には時計がなかった、手当の時に、

医者が外して保管しているのだろう。

壁《かべ》を見つめるのにも飽《あ》き、することもなく、私《わたし》はまた目をつぶった。ふたたび闇《やみ》がもどってきた。そして、その奥《おく》からは、さっきの姿《すがた》のない声が聞こえてきた。うらむような、たけり狂《くる》うような声が。

あわてて私は目を開いた。闇とともに、その声も消えていた。なんなのだろう。さっきのは悪夢かもしれない。だが、眠《ねむ》りもしない今のも、それと同じだった。

私が殺した彼《かれ》の声なのかと思った。だがどう考えても、その声は彼のものではなかったし、彼の顔はその声につながらなかった。彼の声でないとすると、だれなのだろうか。

だが、いくら考えてもわからなかった。

足音が近づき、看護婦《かんごふ》がもどってきた。

「先生はまもなくいらっしゃいます。だけど、意識が戻《もど》ってけっこうでしたね。一時はずっとこのままかと、心配でしたわ。ほんとに、ひどい目にお会いになりましたね」

その口調から、疑《うたが》いの目が私にむけられていないのを察して、それとなく聞いてみた。

「どうして、こんなことになったのでしょう。だれになぐられたのです。そして、あの部屋の友だちは……」

「アパートで酔《よ》っている時に、強盗《ごうとう》におそわれたのですよ。それであのお友だちのかたは、お気の毒なことに、殺されてしまって……」

看護婦は口ごもりながら私に告げた。私は驚《おどろ》きの表情を作ろうとしたが、うまくいかなかった。そこで、目を閉《と》じ、手で顔をおおうことでそれに代えようとした。だが、それも長くはできなかった。目を閉じると、また、例の声が聞こえてきたのだ。

私はそしらぬ調子で、その時のことをいろいろ聞いてみた。彼女《かのじょ》はそれを予期したように、手に持っていた新聞をさし出した。

「これをごらんになるとよろしいですわ。その時の記事が出ていますから」

それを受取りながら、私が気を失っていたのは数時間ではなく、何日かにわたっていたらしいことを察した。腕時計がないのも、そのためだったのかと思った。遠くでは時計が鳴るのが聞こえ、数えたら十時だった。

「どこか痛《いた》む所かなにかございますか」

看護婦《かんごふ》に聞かれ、あの声のことを思い出した。

「痛む所はありませんが、なにか声が聞こえるようなのです。目をつぶると、聞こえてくるのです」

「それはいけませんね。きっと、頭をなぐられた時の影響《えいきょう》が残っているのでしょう。先生にお伝えしてきましょう」

彼女《かのじょ》はまた部屋から出て行き、私《わたし》は急いで新聞を手にした。見やすいように、その記事の部分が出してあった。

夏の夜の凶行《きょうこう》。このような見出しが目に入った。それにつづいて犯人がすぐに逮捕《たいほ》されたことが報じてあった。犯人とはだれのことなのだろうか。私の心には不安がもどり、記事を急いで目で追った。

アパートの一室に夜中すぎまで電灯がついていて、ドアが少し開いたままなのを、不《ふ》審《しん》に思ったアパートの住人がのぞいてみて、二人が倒《たお》れているのを見つけた。ただちに警察《けいさつ》に知らせ、附近《ふきん》には非常線が張られた。そして、物かげにひそんでいた挙動《きょどう》のおかしい男を逮捕した。所持品のなかには、被害者《ひがいしゃ》の部屋から盗《ぬす》み出した品があり、凶行に使ったと思われる金属製の花瓶《かびん》からは、一致《いっち》する指紋《しもん》が発見された。被害者の一人は死亡、一人は意識不明。

だいたい、このような記事で、容疑者《ようぎしゃ》の写真がそえられてあった。こそ泥《どろ》として入りながら、強盗《ごうとう》殺人の罪でつかまったその不運な男は、無表情な顔で写真にうつっていた。だが、私にとってはこの上ない幸運だった。こうことがうまく運んだら、もはやなにも言うことがない。写真の男には気の毒だが、この記事にあわせて、酒に酔《よ》って眠《ねむ》ったところまで覚えていることにすれば、私がつかまるおそれはないように思えた。

その時、看護婦といっしょに医者が病室に入ってきた。

「やあ、やっと意識がもどりましたね」

「ええ、ひどい目にあってしまいました」

「看護婦の話ですと、なにか幻聴《げんちょう》があるとか」

「ええ、目をつぶると、声が聞こえるような気がするのです」

「やはり、頭を打ったせいでしょう。しかし、夜では調べようがありません。あしたになってから、装置《そうち》を使って、脳波《のうは》を調べ、くわしい診察《しんさつ》をいたしましょう。今夜は、この鎮静剤《ちんせいざい》を飲んで、このまま眠《ねむ》って下さい」

「はい、そうしましょう」

看護婦《かんごふ》は用意してきた薬と水とをさし出し、私《わたし》はそれを飲んだ。

「これでまもなく眠くなります。もっとも、あなたはいままでに、ずいぶん眠っていたので、もうたくさんかもしれませんね」

と、医者は微笑《びしょう》した。医者も私に同情してくれているようだった。

私は容疑者《ようぎしゃ》について、もっと知りたいと思って、それとなく聞いてみた。

「新聞でみると、犯人はすぐにつかまったようですね」

「そうです。あんな無茶なやつは、つかまってくれないと困《こま》りますよ。われわれは安心して生活できません」

「それで、やつが犯人なのはたしかなのですか」

「いいえ、はじめは否認《ひにん》していたようです。しかし、ああはっきりと証拠《しょうこ》がそろっていたら、ごまかせるわけがありません。やつは、ほかにもいろいろと悪事をしていて、手配中だったそうでした」

「ほんとに、やつのしわざだったのですか」

私は自分がどの程度に安全な立場にあるのかを、たしかめるために念を押《お》した。医者はあっさりと答えてくれた。

「あなたとすれば、さぞ憎《にく》いことでしょうね。友人を殺され、自分ももう少しで命を失うところだったのですから。しかし、やつのしわざであることは、はっきりしています。有罪の判決があったのですから」

「えっ、有罪の判決ですって。なんでそんなに早いんです。事件があってから、まだいくらもたっていないのに」

私は思わず声を大きくした。医者は看護婦をふりかえり、それから、そばの新聞をとりあげた。

「ああ、まだ看護婦《かんごふ》が話してなかったようですね。この事件は三年まえです。あなたは、三年まえのちょうど今ごろ、なぐられて意識を失ったのです。それからきょうまで、ずっとそのままだったのです」

「三年も……」

私《わたし》はつぶやきながら新聞を渡《わた》してもらい、あらためて新聞を見なおした。よく見ると、紙がたしかに古びていた。医者はベッドからはなれ、部屋の壁《かべ》にかかっているカレンダーのところに歩いていって指でたたいてみせた。新聞の日付けとあまりちがいはなかったが、年数については、カレンダーと新聞とのあいだには、三年のちがいがあった。

三年間。知らないあいだに、三年もたっていたのだ。そのあいだに、どのようなことが世の中にあったのだろうか。

しかし、私にとっては、この犯行以上に気になることのあるはずがなかった。

「それで、どんな判決だったのですか」

「死刑《しけい》でしたよ」

「死刑ですって。重すぎるんじゃないでしょうか」

「それが当然でしょう。やつはほかにも罪をおかしていますし、あなたの友人を殺しました。あなただって、危《あぶな》かったじゃありませんか。わたしはあなたについて、意識がもどる時日は予測できない、場合によっては、一生このままかも知れない、という診断書《しんだんしょ》を裁判所《さいばんしょ》に提出しました。人をそんなにすることは、殺人と同じだと思いますよ。しかし、意識がとり戻《もど》せたことは、幸運でした」

死んだのではなく、意識がとり戻せたのは、私にとって幸運だったろう。しかし、そのために死刑の判決をうけた男は、あまりにも気の毒だ。

「しかし、わたしは死んだのではなく、意識をとりもどせました。死刑とはひどすぎます。このことを報告して、罪を軽くしてやるようにできないものでしょうか」

「あなたの人道的な気持ちはわかります。しかし、それはできません」

「できないって、それはなぜです」

「処刑《しょけい》がすんだのです。きょうの夕刊にでていました」

私《わたし》はしばらく声が出なかった。興奮《こうふん》が心のなかにみちてきた。しかし、さっきの鎮静《ちんせい》剤《ざい》のためか、それ以上の力で眠《ねむ》りが押《お》しつけられてきた。医者はそれを察してか、時計を見て私に言った。

「そろそろ、薬が効いてきたようですね。友人の死んだこと、三年もたっていたことなど、いっぺんに知って、さぞ驚《おどろ》いたことでしょう。薬は少し強くしておきました。あしたまでは、それでぐっすり眠れるでしょう」

医者と看護婦《かんごふ》は部屋から出ていった。

鎮静剤の効力が、私のまぶたを押し下げた。だが、それで闇《やみ》が作られると、さっきの声がまたも聞こえてきた。すすり泣くような、訴《うった》えるような声。

しかし、こんどは声だけではなかった。さっきは声だけで、なにもなかったあたりに、いまは顔があらわれていた。その顔を見て、だれであるかがすぐにわかった。新聞に出ていた真犯人にされた男の顔だった。写真と同じく、無表情な顔が闇のなかに浮《う》き、救いを求めるような、意味のない言葉を呼《よ》びかけてくる。

私が無理に目をあけると、それは一時的に退《しりぞ》いた。だが、あくまで一時的のことだった。薬の効き目はしだいにあらわれてくる。たとえ、薬を飲まなかったとしても、永久に目を閉《と》じないでいることは、いずれにせよ不可能なことだろう。

しかし、あるいは眠りに入れば、この幻《まぼろし》も消えるのではないだろうか、それに望みをかけて、しばらくは耐《た》え、待ってみた。だが、そうはいかなかった。それどころか、反対に、ほかの意識が薄《うす》れてゆくにつれ、声と顔はますますはっきりしてきた。

やつはここに住みついたのだ。脳波《のうは》を調べようが、どんな治療《ちりょう》をしようが、やつをここから追い出すことは、おそらく永久に不可能だろう。やがて、私の頭はやつのために狂《くる》わされるかもしれない。しかし、ほかは狂っても、やつだけは、いつまでも動かないにちがいない。

闇のなかの無表情な顔は、さらにはっきりしてきた。そして、うらむような、すすり泣く声は、高くなり、低くなり、とぎれることなく……。

夜の道で

夏の夜ふけ。

むし暑さと闇《やみ》だけがただよう郊外《こうがい》の道を、私《わたし》はゆっくりと歩いていた。会社の仕事が意外にてまどり、やっと私鉄《してつ》の終電に乗ることができたのだ。その終点ちかい駅でおり、畑の多い道をしばらく歩くと、自宅《じたく》がある。

虫の声があちこちで高まり、時どきとだえる。空気は少しも動かず、汗《あせ》はじわじわとわきつづけている。あたりにたちこめる、草いきれ。

ああ、ちょうど一年になるかな、あいつが死んでから……。

その友人は、学校時代からの親しい仲だった。そして、仕事の関係でか、それとも、生まれつきのものなのか、体調を悪くした。

私は、病院に見舞《みま》いにいった。しかし、面会する前、担当《たんとう》の医者に病状を聞いてみることにした。

「先生。どうなんでしょうか、彼《かれ》の病気は……」

「思わしくありませんな。いまの医学では、なおしようがないのです。輸血をつづけて、その力で生き延《の》びているようなものです」

「あと、どれくらい持ちこたえるでしょう」

「冷房《れいぼう》はあっても、暑い季節は、いろいろ問題があります。まあ朗《ほが》らかな話でもして、元気づけてやるのが、一番でしょうね」

私はうなずき、彼の病室に入って明るく声をかけた。

「やあ、もう退院の用意でもしているのかと思っていたぜ」

彼は、弱々しい声で答えた。

「だめだね。もう、そう長くないことは、自分でもわかっているよ」

たしかに、弱っていた。しかし、それに気づかぬふりをして、彼《かれ》の手をにぎり、言った。

「じつはね、このごろ手相にこっているんだ。きみのを見てやろう。ほら、これを見ろよ、ここ一年以内には、絶対になにも起らないことが、あらわれているよ」

「ほんとかい」

と、彼は自分の手のひらを眺《なが》めながら、少し笑った。

「そうだとも。あまり気の弱いことを言うなよ」

と、私《わたし》ははげました。

そのききめはなく、しだいに弱まり、それからまもなく、息をひきとってしまったのだ。

……あれから、もう一年になるな。彼の顔を思い出しながら歩いていた。虫の声が高まり、また、とだえた。

ふいに、うしろから声がした。

「やい、うそつき」

それは、あきらかに彼《かれ》の声だった。思わずふりむいてみた。その声のしたあたりにあるものは、ただむし暑く、よどんだ濃《こ》い闇《やみ》ばかり。

あいつが来る

その青年は帰宅《きたく》の途中《とちゅう》、自宅《じたく》の近所の小さな病院に寄《よ》った。べつに病気ではない。時たま栄養剤《えいようざい》の注射《ちゅうしゃ》をしてもらうのが、習慣となっているのだ。

「先生、このごろ、なにか変った患者《かんじゃ》は来ませんか」

彼は新聞記者なので、雑談の話題もついそんなふうになってしまう。医者は机《つくえ》の上のカルテをめくりながら答えた。

「そうですなあ。そうそう、あなたの次の患者さん。あれはちょっと変っていますよ。あんなの、ここではじめてです。いちおう手当はつづけているんですが」

「すると、あの女の人……」

「いや、ちがいます。それは奥《おく》さんです。亭主《ていしゅ》につきそって来ているのです」

「新しい現代病かなんかですか。社会問題になるようなものだと、面白いんですが」

「なんともいえませんな。生命にかかわるものではありません。時間をかければよくなるかもしれないので、時どき来るように言ってあるのです」

「で、具体的にどう変っているのですか」

「医師としての立場上、わたしの口から患者《かんじゃ》のことはお話しできません。あなた、ご自身で聞いてみたらいかがです」

「そうしましょう」

青年は待合室で時間をつぶし、その夫妻が診察室《しんさつしつ》から出てくるのを待って話しかけた。

「かぜがはやっているようですね」

「そのようですね。しかし、かぜ程度の病気だったら気楽なんですけど」

「ぐあいは、いかがなんです」

「それが、はかばかしくないんですの。あたしじゃないんですよ。主人のほうです。まさか、こんな変なことになってしまうなんて……」

奥さんは、話し好きの性格らしかった。いや、だれかに訴《うった》えたいといったようすだった。うまいぐあいだと青年は思い、その亭主にあいさつをした。

「どんなご病気なんですか」

すると、その三十歳《さい》ぐらいの男は、ぽつりと言った。

「あいつが来る」

「これは失礼しました。どなたかがいらっしゃるので、お忙《いそが》しいのですね。では、またお会いした時にでも」

「あいつが来る」

またも男はつぶやいた。そばの奥さんが、青年に説明した。

「いえ、だれかが来るというのじゃないのです。これが病気なんですの。この言葉を、しょっちゅうつぶやくのです。こんなことになってしまうなんて……」

「どういうことなのか、おさしつかえなければ、くわしくお話し下さいませんか。わたしは新聞社につとめる者です」

青年が名刺《めいし》を出すと、彼女《かのじょ》はうなずいた。

「ぜひ聞いて下さい。うちはすぐ近くです。このごろはだれも自分のことに忙《いそが》しく、ぐちをこぼそうにも、相手になってくれる人がいないのです。どうぞ……」

青年はさそわれ、その家に行った。彼女は話しはじめた。

「うちの主人はルポライターですの。いえ、そうだったと言うべきでしょうね。調べて記事を書いて、雑誌《ざっし》に売るんですの。数カ月ほど前のことですけど、とても面白い材料をみつけたと張り切り、二週間ほど家を留守《るす》にしました。そして、帰ってきたはいいんですけど、その期間の記憶《きおく》をすべて失っており、さっきのことをつぶやくだけ……」

青年は男に聞いた。

「なんにも、おぼえていないんですか」

「あいつが来る」

「どなたが来るんですか」

「あいつが来る」

そうくりかえすだけだった。いまにもだれかが来るといった実感は、こもっていなかった。書いてある字を読むような口調。どんな意味があるのか、見当のつけようがなかった。それ以上は奥《おく》さんのほうに聞くほかない。

「ふしぎなことですね」

「こんなでは、ルポライターの仕事に戻《もど》れない。そこで、小さな企業《きぎょう》につとめるようになり、生活のほうはなんとかなっているんですけど、キツネにつままれたようなお話でしょう」

「そうですね。なにが原因なんでしょう。新しい病気なんでしょうか。それとも……」

「なにか心当りでも……」

「べつにありません。こう申してはなんですが、興味をそそられます。よろしかったら、くわしく調べさせていただけませんか」

「あたしからお願いしたいくらいですわ。警察《けいさつ》にとどけようかとも考えたんですけど、重傷《じゅうしょう》をおったわけでなく、犯罪がからんでいるという証拠《しょうこ》もない。そう熱心に扱《あつか》ってくれそうにないと、あきらめていたとこですの」

「なにか、手がかりになるようなものは」

と青年が聞くと、彼女《かのじょ》は手帳を持ってきて言った。

「これぐらいしかありませんわ。いつもはノートを何冊《なんさつ》もカバンに入れて持ち歩いていたんですけど、それはなくしてしまったらしく、帰ってきた時には、これがポケットにあっただけ」

「じゃあ、それをお借りします」

新聞記者の青年は、それを持ち帰った。ページをめくってゆくと、人名や住所がいくつも書きとめられている部分があり、そのあとが空白となっていた。仕事関係の知人らしいのは、手帳の末尾《まつび》のほうに書いてある。

これだ。どうやら、この一連の人たちが、なんらかの形で関連しているにちがいない。順番に訪《おとず》れてみるとしよう。

青年は出かけた。最初のは二十歳《はたち》ぐらいの女性だった。名刺《めいし》を渡《わた》してあいさつをしたあと、青年はルポライターの名をあげて聞いた。

「この名前の人をご存知《ぞんじ》ですか」

「さあ……」

「ルポライターをしている人ですが」

「そうそう、思い出したわ。あたしの父の死について聞きにみえたかただわ」

「それはそれは。そんなご不幸があったとは存じませんでした。どんなご病気で……」

「病気なのかどうか、それがちょっと変な死に方だったのよ」

「どんなふうに……」

女はあまり話したくないようなようすだったが、青年は新聞記者でなれてもおり、それをしゃべらせることに成功した。

「父はね、仕事にひと区切りつき、まとまった金が入ったとかで、ヨーロッパ旅行をしてくるって出かけたの。団体旅行よ」

「そこで事故にでも……」

「そうじゃないの。むこうに着いてまもなく、変なことを口走るようになったんですって。いっしょに行った人の話だけど」

「どんな……」

「夜になると、寝《ね》ぼけてか、あいつが来る、って叫《さけ》ぶんですって。毎晩《まいばん》だそうよ。あいつとはだれだって聞いても、それには答えない。ほかの人たち、持てあましたそうだわ。当然だわね」

「それからどうなったんです」

「そして、ある晩、ホテルの窓《まど》から飛びおりて死んでしまったの」

「その部屋には、ほかにだれかいたんですか」

「だれも。内側からカギがかかっていたそうよ」

「じゃあ、事故か自殺ってことになりますね。それ以外に考えようがない」

「でも、なぜ自殺したのか、原因がわからないわ。仕事がゆきづまっていたわけでもないし、旅行に出る前は一段落《いちだんらく》したって、むしろ楽しそうだったわ。といって、事故というのもおかしいし」

「そうですね」

「そのあいつに来られたんじゃないかしら。父のその声を聞いた人は、おびえたような感じがこもってたと言ってたわ。だけど、現実には、だれもいなかった。どうしたのかしら。旅行中の保険がついていたので、あたし、まとまったお金をもらえたし、なげいたって、いまさらどうにもならないんで、仕方なかったとあきらめてるけど、変な話ね。だれが来たのかしら」

「そんなことがあったとは知りませんでした。もっと調べてみます。わかったら、お知らせにまいりますよ」

青年はその女性と別れ、手帳に記入されている次の名前の人物のところへ行った。二十六、七歳《さい》の若者《わかもの》だった。さっそく質問する。

「新聞社の者です。変なことをうかがいますが、あいつが来る、という文句について、なにかご存知《ぞんじ》のことは……」

「あ、このあいだ来た人も、そのことをぼくに聞いていった」

「それをくわしくお聞きしたいのです」

「もう半年ぐらい前になるかな。ぼくは学生時代の友人と、海外旅行に出かけたんです。二人とも砂漠《さばく》が見たかったんで、まず中近東へ出かけました。日本を出た時から、やつは少しおかしかったなあ」

「どんなぐあいにです」

「眠《ねむ》りながら、なにかつぶやくんです。そのうち、しだいに聞きとれるようになってきた。あいつが来る、って叫《さけ》ぶんです。なんだか、いやに真に迫《せま》った声でね。そのおかげで、ぼくは何回も目をさまさせられましたよ」

「聞いてみましたか、だれが来るのか」

「もちろんですよ。しかし、教えてくれないんです。そのうち、警察《けいさつ》に行くなんて言いはじめました。それは起きている時でしたがね。仕方がないので連れてゆくと、ここではない、日本の警察《けいさつ》へ行くんだと言う。なにがなにやらわからない。病院へ連れていって、鎮静剤《ちんせいざい》をもらってきて飲ませましたが、ききめがない。あい変らず、眠《ねむ》るとうなされて、あいつが来る、って叫《さけ》ぶんです。こっちは、たまったものじゃありませんでしたよ。思い出しても、うすきみ悪い……」

「で、それから、どうなったんです」

「ぼくが目をはなしたすきに、砂漠《さばく》のなかへ歩いて行ってしまったんです。自分で死に行ったようなものだ。まもなく、死体となって発見されたのですよ。あいつとかいうのに追われて、ああなったとしか考えられない。それにしても、いったい、あいつって、だれなんだろう」

ルポライターの手帳に書かれている人を訪《おとず》れると、どこでもそんな話を聞かされた。なかには旅行業者関係の人もあり、商売への影響《えいきょう》を考えて話したがらない人もあったが、あなたの名は出さないからと言うと、聞き出すことができた。妙《みょう》に心にひっかかって忘《わす》れられない事件なので、当人も内心は話したくてならないのだろう。

夜になって眠ると「あいつが来る」と声をあげる人物についてなのだ。それは男が多かったが、女性もいないわけではなかった。毎晩《まいばん》のように叫び、目つきや動作がおかしくなり、最後にはなんらかの形で死を選んでしまうのだ。

新聞記者の青年は、そんな話を聞きまわりながら、あのルポライターの働きに感心した。よくも、ここまで調べあげたものだ。似《に》たような仕事なので、その苦心を察することができた。こんなことが起っているなんて、まるで知らなかった。どのマスコミも報道していない。なんとかまとめて、発表したかったにちがいない。それが、なぜ、ああなってしまったのだろう。

青年は話を聞いてまわる一方、死んだ人たちの職業や経歴についても調べてみた。なにか共通した点があれば、なぞをとく手がかりになるはずだ。

しかし、収穫《しゅうかく》はなかった。会社の経営者もあり、大学の教授もあり、公務員もあった。そうかと思えば、水商売の女もあり、犯罪組織の一員のたぐいもいた。それぞれに関連しているものは、なにもない。共通の知人らしきものも浮《うか》び上ってこない。その「あいつが来る」とは、だれのことだろう。早く知りたい。このままでは上の者に話しようがない。

青年は順序をとばし、手帳に記入されている名前の、最後の人を訪問《ほうもん》してみることにした。

そこはあるビルのなかの事務室で、入ってゆくと、五十歳《さい》ぐらいの男がいた。なにを職業としているのかは、会っただけでは見当がつかなかった。青年は自己紹介《しょうかい》をしてから言った。

「はじめてお目にかかります。じつは、ちょっとうかがいたいことが……」

「なんでしょう」

「あいつが来る、という言葉をお聞きになって、なにか思い当ることはございませんか」

「ないこともありません。しかし、あまり話したくありませんな」

「やはり、そうでしたか。お話しになりたくない気持は、よくわかりますよ。なにしろ、楽しいことではありませんからね。しかし、これは大変な事件なんです。ぜひ、お聞きしたいのです」

「そんなに大事件なんですか」

「そうなのです。海外へ出かけた人が、十何人も死んでいるのですよ。かなりの人数です」

「海外旅行をする人は、それこそ大変な人数でしょう。そのなかの十何人じゃ、どうってこともないんじゃないでしょうか」

「それが、普通《ふつう》の死に方じゃないんです。あいつが来る、って眠《ねむ》りながら叫《さけ》び、やがて、自殺といっていい死に方をしているのです。あまりにも、ふしぎです」

「あなたは、だいぶお調べになり、強い関心をお持ちのようだ。わたしも、もっと知りたくなってきた。くわしいお話をいたしましょう。まあ、お茶でも飲みながら」

相手は立って、自分でお茶をいれて持ってきてすすめ、青年はそれを飲みながら、ルポライターのこと、その手帳に書かれている人たちをたずね歩いていることなどを話した。

「というわけです。怪奇的《かいきてき》です。話を聞いているうちに、ぞっとする気分になったことも何回かありましたよ」

しかし、相手はさほど驚《おどろ》きもしなかった。顔をしかめたりもせず、こう言った。

「効果てきめんですな。この話は、くりかえして聞いても、そのたびに楽しくなる」

「なんですって。あなたは、その事情を知ってるような口ぶりだ。教えて下さい。どういうことなんです」

「あれは、わたしの作った薬の作用なのだ。できうる限り広い範囲《はんい》の人に飲ませたいのだが、そうはいかない。で、パスポートの紙にしみ込《こ》ませることにした。気圧の下ったあと、ひらくと気化したのを吸いこむ。つまり、外国の空港で入国手続きの時に、効果を示しはじめる」

それを聞いて、青年は思わず声を高めた。

「あなたが作って、使った……」

「そうです」

「あの、狂《くる》い死にをさせる薬をですよ。眠《ねむ》りかけたところを、なにかの幻覚《げんかく》でおびえさせ、死に追いやる……」

「ああ」

「なんということを。あなたは、悪魔《あくま》のような人だ」

青年はいきどおり、立とうとした。しかし、からだが動かない。

「だめだよ、ひとあばれしようとしても。さっきのお茶に、しびれ薬をまぜておいたのだ」

「いったい、なぜ、あんな恐《おそ》ろしい薬を作ったのです。人が狂い、苦しみ、死んで行くのを知って、楽しいんですか」

「とんでもない。できうれば、ああなってもらいたくない」

「しかし、げんに、そうなっているじゃありませんか」

「そこだよ、問題は。いいかね、あれで死んだやつらは、みな人殺しなのだ。あいつが来る、のあいつとは、やつらに殺された人の幻影《げんえい》さ。つまり、わたしは、死者の霊魂《れいこん》の力を増幅《ぞうふく》するお手伝いをしているというわけだ」

「信じられない。霊魂の力を増幅するなんてことが、できるんですか」

「わかりやすく、そう形容したまでのことさ。いいかね。殺人の体験、その記憶《きおく》というものは、簡単《かんたん》に消えない。発覚せずにすみ、他人に話さなくても、当人の頭のなかには残っている。また、だれにも良心というものがある。この二つを結びつけるというべきか、罪悪感をめざめさせるというべきか、そういう作用だ。自白剤《じはくざい》を少し発展《はってん》させたものだ。自白剤には問いつめる人間が必要だが、これは当人が当人自身を問いつめる。その結果、殺した人の幻影が見えるようになってくる。罪をつぐないたくなる……」

「そうだったのですか。しかし、自殺にまで追いこむことはないでしょう。なかには、やむをえない事情で殺したという場合だってある。自首をさせ、裁判《さいばん》によって、それなりの刑《けい》を受けさせるべきだ」

「ごもっともな主張。本来なら、そうしたいところだ。国内の警察《けいさつ》に自首してくれれば、その段階《だんかい》で幻影は消え、さっぱりするような作用になっている。しかしねえ、それができないのだよ」

「なぜ」

「人びとを片《かた》っぱしからつかまえて、薬を吸《す》わせるわけにはいかないじゃないか。事情をあかせば、なおさらだ。悪人は巧妙《こうみょう》に逃《に》げ、こんな効果をあげえない。そうだろう」

「それはそうです」

「だから、やむをえず、海外旅行者だけということになる。しかし、それだけでもいいとすべきだろう。このあいだ来たルポライターのおかげで、わたしもこの薬がいくらか役に立っていることを知った。完全とまではいかないが、いちおう満足しているよ。つまり、自動かたきうち薬というわけさ。殺された人たちの霊《れい》も、浮《うか》ばれるというものだ。また死んだ犯人たちも、極悪人《ごくあくにん》として処刑《しょけい》されるより、いいんじゃないかな。その遺族《いぞく》たちにとっては、汚名《おめい》を受けつぐこともなく、保険金も入ることだし。すべて、いいことずくめだ。わたしも、なんともいえないいい気分だ」

相手は笑ったが、青年はまだなっとくできなかった。

「しかし、やはり一種の私的《してき》な処刑《しょけい》ですよ。あなたが殺しているんだ。いずれ幻影《げんえい》になやまされますよ」

「幻影を見ようにも、そいつらの顔を知らないんでね。また、自分にその注射《ちゅうしゃ》をするわけがない。きみも、これだけわかれば気がすんだろう」

「こんな重大なことが進行していたとは。あなたは、わたしを新聞記者と知りながら、こんな話をした……」

「もっと知りたいだろうな。どこに研究所があり、どこで作られ、どんなふうにしてパスポートの紙にまぜられているか。しかし、そうはいかないよ。これは秘密《ひみつ》におこなわなければならないんだ。あのルポライターには、記憶《きおく》を失って帰ってもらった。彼《かれ》はあれこれ調べ、よくここまでたどりついたものだよ。よっぽど記事にしたかったのだろうな。あいつが来る、という題名の文句だけは、いまだにつぶやきつづけとはね」

「わたしを、どうしようという気だ」

「まず、その手帳を取りあげる。同じように記憶を消すことにするかな。それとも、新しい薬の試験に使わせてもらうとするかな。さて、どんなのがいいだろう。このことに関して、きみが他人に話そうとすると、とたんに、出まかせにきまっているという印象を、必ず他人に与《あた》える口調になるなんて作用のものなんかは……」

作者　星 新一（ほし・しんいち）

一九二六年、東京に生まれる。東京大学農学部卒業。五七年に日本最初のSF同人誌「宇宙塵」に参画。ショートショートと呼ばれる短編の新分野を確立し、千以上の作品を発表する。六八年に、『妄想銀行』で第21回日本推理作家協会賞を受賞。九七年没。主な著書に、『ボッコちゃん』『宇宙の声』『ようこそ地球さん』『ブランコのむこうで』などがある。

画家　和田 誠（わだ・まこと）

一九三六年、大阪に生まれる。多摩美術大学卒業。グラフィック・デザイナー、イラストレーターとして、装丁、挿絵、絵本などを手がけるほか、映画監督、作詩・作曲家、エッセイストなど、ジャンルをこえた多彩な活動を続ける。一九七四年に講談社出版文化賞、一九九七年に毎日デザイン賞受賞。

ここに収めた作品は『ボンボンと悪夢』『おせっかいな神々』『どこかの事件』（新潮社）『宇宙のあいさつ』（早川書房）を底本といたしました。

星新一YAセレクション
あいつが来る
二〇〇九年三月初版
二〇二二年十二月第六刷
作者　星　新一
画家　和田　誠
発行者　内田克幸
発行所　株式会社理論社
東京都千代田区神田駿河台二―五
営業　電話〇三（六二六四）八八九〇
FAX〇三（六二六四）八八九二
編集　電話〇三（六二六四）八八九一
編者　大石好文
制作　DAI工房／P&P
NDC913　B6判　19cm　214p　ISBN978-4-652-02385-3

URL https://www.rironsha.com

星新一 ショートショートセレクション

和田誠 絵

1 ねらわれた星
2 宇宙のネロ
3 ねむりウサギ
4 奇妙な旅行
5 番号をどうぞ
6 頭の大きなロボット
7 未来人の家
8 夜の山道で
9 さもないと
10 重要な任務
11 ピーターパンの島
12 盗賊会社
13 クリスマスイブの出来事
14 ボタン星からの贈り物
15 宇宙の男たち

星新一 ちょっと長めのショートショート

和田誠 絵

1 宇宙のあいさつ
2 恋がいっぱい
3 悪魔のささやき
4 とんとん拍子
5 おのぞみの結末
6 ねずみ小僧六世
7 そして、だれも…
8 長生き競争
9 親友のたのみ
10 七人の犯罪者

星新一 YAセレクション

和田誠 絵

1 死体ばんざい
2 殺し屋ですのよ
3 ゆきとどいた生活
4 夜の侵入者
5 あいつが来る